Ulrich Cimolino

Urlaub à la Griglia

Zum Menü ein flammendes Inferno

Vorwort

Im Frühjahr und beginnendem Sommer 2018 war es in vielen südlichen Ländern Europas im Verhältnis zu den vorherigen Jahren zu kalt und zu nass. In dem Zeitraum war die Zahl der Vegetationsbrände eher geringer und deren Flächen eher kleiner als in den Vorjahren. Gleichwohl gab es durch eine Kombination aus hohen Temperaturen, starken Winden und der trockenen Vegetation nahe an Wohnbebauung Ende Juli 2018 um Athen mehr als 50 Tote bei einem Vegetationsbrand.

Auch in vielen Landstrichen Deutschlands müssen die Feuerwehren im Jahr 2018 nach einem extrem trockenen Frühjahr und Sommer wieder zahlreiche kleine und auch einige größere Vegetationsbrände bekämpfen.

In Nordamerika und in Skandinavien wüten im Sommer 2018 nach langer Trockenheit und sehr hohen Temperaturen großflächige Waldbrände, die auch schon etliche Todesopfer – auch unter den Einsatzkräften - gefordert haben.

Ich widme dieses Buch daher all denen, die - im deutschsprachigen Raum zum größten Teil ehrenamtlich - Vegetationsbrände bekämpfen, um so Leben von Mensch und Tier zu retten, diese und die Natur zu schützen sowie die Wirtschaft und den Klimaschutzpartner Wald vor größeren Schäden zu bewahren.

Dieses Buch basiert auf einer Reihe von eigenen Erlebnissen und Erfahrungen aus verschiedenen beruflichen oder privaten Anlässen, ist aber ansonsten, insbesondere bezogen auf die Geschichte selbst, natürlich eine reine Fiktion.

Alle Personen sind frei erfunden. Einige Charaktere haben reale Vorbilder, wenn sie es lesen, werden sie wissen, wer jeweils gemeint ist. Ich bin froh und dankbar, mit solchen Freunden arbeiten und genießen zu dürfen. Die Kulinarik haben wir selbst an verschiedenen italienischen Orten erlebt.

Mein Dank gilt zuerst den Kollegen und Freunden von @fire und dem Waldbrandteam, den deutschsprachigen Organisationen, die sich seit etlichen Jahren ehrenamtlich und unentwegt um die Weiterentwicklung von Strategien und Taktiken der Vegetationsbrandbekämpfung sowie um die Wissensvermittlung bei den Feuerwehren dazu kümmern.

@fire ist eine gemeinnützige Organisation, die sich nur über Spenden finanziert. Infos zu Spenden finden Sie hier: https://www.at-fire.de/spenden

Gleiches gilt natürlich auch für das Waldbrandteam:
http://waldbrandteam.de/unterstuetzen-sie-uns/

Gedankt sei all den Freunden und Bekannten, die sich namensnah erwähnen ließen und so zur gefühlten Authentizität der Romanideen betragen.

Außerdem danke ich „Italien" für seine großartigen Menschen, Landschaften, Gebäude und Speisen - eine Quelle steter Freude und Inspirationen.

Umschlagfotos: Verfasser

Düsseldorf, Juli 2018

Aperitivo

Ein Blick aus dem Fenster über die Schulter des ältlichen Mitfliegers in Halbglatze und passender beige-khaki-farbener Bekleidung mit Tennissocken in ausgelatschten Ledersandalen verbessert direkt die Laune. Der doch sehr frühe Aufbruch von zu Hause zu nachtschlafener Zeit, um rechtzeitig am Flughafen zu sein, fordert seit dem Abflug seinen Tribut in Form müder Augenlider. Die Morgensonne strahlt über dem Meer, einige Wölkchen werfen kleine Schattenbilder auf die glitzernde blau-grüne Oberfläche.

Endlich wieder Italien.

Irgendwie riecht es im mal wieder proppevollen Flieger ab überflogener Grenze schon anders. - Denkt man gemeinhin, ist aber nicht so. Der eine Nachbarsitzer links verbreitet in seiner Rentner-Touri-Gruppen-Tarnkleidung tatsächlich noch Old Spice oder etwas ähnliches, der andere rechts vor allem sich selbst. Die Vorsitzerin duftet aus natürlich maximal zurück gestellter Rückenlehne schwersüß nach Möcht-ich-gar-nicht-wissen und die langsam vorbei stolzierende Stewardeuse riecht so arrogant wie sie aussieht, während sie in sächselndem Deutsch und ebenso intoniertem Englisch die letzten Passagiere anweist, jetzt doch bitte endlich die Lehnen hoch- und die Tischchen wegzuklappen.

Ich freue mich jetzt schon darauf, wenn gleich direkt nach der Landung erst alle klatschen und dann noch auf dem Rollweg aufspringen, die Arme hochreißen, um grenzwertig ausgebeulte Handgepäckstücke samt extra großer Laptoptasche, Umhängebeutel in Seesackgröße und Jackenknäuel sowie zerbeulte Hüte oder gerollte Kappen aus den Staufächern zu zerren.

Egal, Hauptsache Urlaub. Gleich wird alles besser, wenn wir erst mal in Italien gelandet sind. Selbst wenn Claudio noch nicht da sein sollte, aus der Erinnerung schmeckt der Espresso selbst auf italienischen Flughäfen gefühlt mindestens zehnmal besser als in Deutschland.

Irgendwie komisch, die Einladung nach Sizilien zu Claudio. Zwar kennen wir uns seit Jahren über einen lockeren Austausch mit gemeinsamen Bekannten, aber richtige Freunde sind wir noch nicht. Er erwähnte zwar in einem merkwürdigen Telefonat Anfang letzter Woche irgendetwas von immer mehr Problemen mit Feuer in seiner Region und dem Verdacht nach Brandstiftung. Das wundert mich eher nicht, ist ja eigentlich für die Gegend eher landestypisch und jährlich wiederkehrend, wie das eigene Feuerwehrallgemeinwissen und eine kurze Internetrecherche ergeben hatten.

Warum er dafür einen, ihm nur lose und auch nur rein privat bekannten, Feuerwehrmenschen aus Deutschland nach Italien eingeladen hatte, habe ich noch nicht so ganz begriffen. Aber Italien ist nie verkehrt, Zeit war zumindest bei mir gerade auch – und die Entscheidung dann auch schnell dafür gefallen. Zumal es die Gelegenheit geben sollte, den vom persönlichen Italien-Food-Dealer mitfavorisierten sizilianischen Weinlieferanten zu besuchen. Vielleicht klappte dazu noch ein Treffen mit Freunden, die aus meiner Erinnerung jetzt ungefähr um die liparischen Inseln segeln wollten. Mein alter Studentenkumpel Matthias hatte aber noch nicht auf meine Spontanfrage nach deren Reiseverlauf geantwortet.

Der Flug war jetzt nach den Sommer- und vor den Herbstferien relativ billig gewesen, obwohl die „Zusatzgebühren" für Gepäck und Sitzplatzreservierung gefühlt auch für die Business Class gereicht hätten. Nun ja, die eine oder andere Diskussion hatte es zu der Reise schon gegeben, aber wenn Marie, die Dame des Herzens, so spontan keinen Urlaub bekommt?

Düsseldorf - Catania in zweieinhalb Stunden. Und schon bin ich direkt vom frühherbstlichen Düsseldorf mit Nieselregen bei gefühlten 12 °C Anfang September doch ziemlich schnell in Sizilien gelandet, statt frösteln nun schwitzen bei vermutlich 35 °C im Schatten.

Selbst im Flughafengebäude ist es drückend heiß. Wahrscheinlich ist die Klimaanlage ausgefallen, falls es überhaupt eine gibt.

Italien? Nun ja, das bekommt die Deutsche Bahn mit erschreckender Regelmäßigkeit - oder besser deutscher Gründlichkeit? - ebenso hin, wie im Winter schon mal keine Heizung im Zug, oder bestätigte Online-Reservierungen auf gar nicht vorhandene Waggons. Also weniger ärgern, mehr entspannen, eben mehr tranquillo, statt multo Hektiko. Dabei ärgere ich mich, nicht doch schon in früheren Jahren etwas mehr als die paar Sprechbrocken italienisch gelernt zu haben. Allerdings ist mein Sprachtalent irgendwo zwischen Mathematik und Sport schon vor Jahrzehnten in der Schule sehr früh und sehr deutlich auf der Strecke geblieben.

Vom Gepäckband direkt schnell an die erste Espressobar und einen Crodino geordert. Der eisgekühlte Aperitivo non-alcoholico, zur Feier des Tages sogar mit echter und sogar noch frischer Orangenscheibe und einem saftigen Blatt frischer Minze, mundet herrlich erfrischend. Direkt danach gönne ich mir natürlich den ersten von hoffentlich vielen wirklich italienischen Espressi. Frisch und direkt vor meinen Augen an wunderbaren, dick verchromten, zischenden und dampfenden Ganz-Metall-Maschinen gemacht. Mit einer schönen hellbraunen Crema versehen, belebend für den Kreislauf und vor allem das Gemüt und mit unnachahmlicher Grandezza des Barrista am Tresen serviert. - Oder wie es eine Werbung ganz ähnlich verspricht, für die italienischen Momente im Leben.

„Buon Giorno Tedesco" grinst mir da auch schon Claudio mit ausgestreckter Hand entgegen, während die andere eine glänzende Piloten-Sonnenbrille in die Haare schiebt.

„Wie gehts?" „Wo ist Dein Gepäck?" „Was geht in Düsseldorf?" „Was macht Gustavo - laufen die sizilianischen Weine?" „Wart Ihr wieder im Hafen feiern?"

Ein Redeschwall bricht auf mich ein, der nur dadurch kurz stoppt, dass ich ihm wortlos meine alte schwarze Tauchertasche - ohne Rollen, dafür zum Ausgleich mit mehr Gepäck beladen - in den Arm wuchte, mir das restliche Gepäck umhänge, worauf er mich, munter weiter schwatzend, am Arm nach draußen zum Wagen zerrt.

Das passt ja direkt zu ihm oder vermutlich mehr dazu, wie ich mir Italiener so vorstelle. Er parkt ernsthaft auf dem Gehweg, noch dazu unmittelbar vor einem Zebrastreifen, direkt vor der Halle zwischen zwei Betonklötzen, die offenbar eigentlich genau das verhindern sollen. Und was da unübersehbar steht! Ein verdreckter, verbeulter, vielfarbiger, ehrlicher, herrlicher, alter Serie-Landrover als Pickup. Wenn mich nicht alles täuscht, ein „jüngerer" S III. Bei dem sitzen die Lampen im Gegensatz zum älteren S II nicht mehr innen im Kühlergrill, sondern schon außen in den bis zur Front gehenden Aluminiumkotflügeln. Die Außenspiegel haben bei seiner Version auch schon an den Türen ein Plätzchen gefunden, statt irgendwo vorn an den Kotflügelecken, weit vom Fahrer entfernt, ihr dort sehr zittriges Dasein zu fristen – oder gab es das auch schon beim Serie II? Egal!

Claudio wirft die Taschen auf die offene Ladefläche, aus der umgehend eine helle Staubwolke aufsteigt, „steig ein, bevor ich eine äh - multa - äh Strafpapier - erhalte!" Eigentlich unglaublich, wie gut er deutsch spricht und ich so fast gar nicht italienisch - und das bei dem Nachnamen. Nun ja, für „Gelati" von der Eisdiele, oder für „Pizza"- oder „Pasta"-Bestellungen reichts hoffentlich noch. Für den Rest hab ich ja jetzt einen persönlichen Transformator.

Der Wagen springt tatsächlich auf den ersten Versuch schüttelnd an. Claudio wirft mit dem ellenlangen Schaltknüppel den ersten Gang ein und sich selbst ans, oder eher ins Lenkrad. Hoppelnd schwanken wir vom Gehweg über den Fußgängerüberweg auf die Straße. Klar, dass er erst mal die Fußgänger am Überweg mit Hupen direkt warnt, auch ja nicht in den Weg zu kommen, während er eigentlich schon mit Gegenlenken beschäftigt sein müsste und so im weiten Bogen durch die Gegenfahrbahn tatsächlich noch die Kurve kriegt. „Nix Servo" denke ich mir und habe nur beschränktes Mitleid. Ein paar Kilometer und etliche Kurven später rappeln wir auf immer breiteren Straßen zwar gemächlich, aber doch etwas schneller als in der Stadt weiter nach Norden.

„Sag mal Claudio...", starte ich das Gespräch, während ein italienischer Sender verzweifelt, aber ergebnislos versucht, irgendwelche Werbung zwischen Fragmenten von Popmusik gegen die Fahr- und Windgeräusche im britischen Ganzmetallkunstwerk anzuplärren. Claudio hat natürlich mittlerweile seine coole Sonnenbrille nicht mehr im auf Haarwachsbasis fahrstaub-feingepuderten Haar, sondern auf der Nase. Er verzieht das Gesicht, deutet kopf- und zeigefingerschüttelnd auf sein rechtes Ohr und zieht entschuldigend die Schultern hoch. Und so jagen wir nach Tacho mit ungefähr 100 km/h, bei +/- 20 km/h in Zehntelsekundensprüngen des wild tanzenden Zeigers, mit dazu meinen Ohren nach mindestens 100 dB(A) Lärm im Auto über die Stadtautobahn - oder was immer das hier zwischen den Häusern von Catania sein soll.

Er dirigiert den Landrover mit der linken Hand in sanften Pendelbewegungen des Lenkrads, während die rechte fortwährend versucht, den Sender anzupassen. „Nix CD" glaub ich zu verstehen, und kann mir in der Folge in Ruhe überlegen, ob er das wirklich gesagt hatte, er keine dabei hat, oder der Schlitz im Radio gerade oder dauerhaft ohne Funktion ist.

Wie ich von einer vorherigen Reise zu einer Ferienwohnung und anschließender Segelei mit Freunden noch grob weiß, ist die Fahrt innerhalb Catanias wenig interessant, weil es vor allem die üblichen hässlichen Schlafbunker neben quadratischen „Industrie-Beton-Etagen" südeuropäischer Vorstädte zu sehen gibt.

Ich hätte während der Fahrt also nochmal Zeit über die Reise nachzudenken. Das stellt sich aber schnell als unmöglich heraus. Dies verhindern schon allein die praktisch ungefederten Stöße vom Fahrwerk bzw. Straßenbelag. Sie kommen ohne unnötige Abschwächung durch Stoßdämpfer umgehend von den Schlaglöchern und Fugen der Betonfahrbahn über die beinharten Blattfedern eines fast unbeladenen, aber eben im Wortsinne echten Last-Kraft-Wagens, unmittelbar über durchgesessene Sitzpolster und wirken damit direkt auf die einzige Kopfstütze in diesem Wagen, sprich die eigene Wirbelsäule. Das Gehirn des verwöhnten Mitteleuropäers wird so ziemlich zurechtgeschüttelt, oder eher völlig durcheinander.

Bis ich mich endlich daran gewöhnt habe, ist Catania schon wieder Geschichte und wir fahren durch interessantere Landschaften. Ich krame den Führer aus dem Rucksack und orientiere mich auf der durchgeschüttelten Kartenübersicht irgendwo auf der E45 auf dem Weg nach Norden. Stimmt, Claudio wollte den Trip ja am Meer beginnen, irgendwo in der Nähe von Aci-Dingsbums. Leider ist mir nicht nur das Nachdenken, sondern auch das Lesen von Ortsnamen auf der Karte bei der Schriftgröße in dem Auto unmöglich, weil es mir trotz aller Mühe nicht gelingen will, meinen Kopf abgestimmt mit den Vibrationen in dem Auto zu synchronisieren. So ergeben die Buchstaben nur eine wirre Suppe vor meinem dafür zu nüchternen Auge.

Immerhin, endlich wir werden langsamer und scheinen den Abbiegevorgang einzuleiten, "Acireale" ist gerade noch lesbar neben der Straße ausgeschildert. Stimmt! So hieß das, was Claudio mir als größeren Ort und Anhaltspunkt gemailt hatte.

Nach wenigen Kilometern verlassen wir auch die ganz gut ausgebaute Staatsstraße SS114 und biegen von dort in eine Nebenstraße ein. Diese windet sich mäandernd zwischen alten, in Würde ergrauten Trockensteinmauern zumeist brach liegender verwachsener und ausgedörrter Felder. Wir nähern uns langsam dem Meer. Das Strässlein führt weiter durch Reste alter Bauernhöfe oder durch diese hindurch. Die stehen gebliebenen Gebäudeteile der Ruinen sorgen mit ihren stabilen Bruchsteinmauern dafür, dass sich der Verlauf der Straße immer wieder versetzt.

Spätestens nach der Fahrt über die Autobahn ist Düsseldorf plötzlich ganz weit weg, dafür das Meer blaugrün leuchtend und schimmernd vor uns. Beeindruckend und immer wieder schön.

Claudio haut mir unvermittelt kräftig auf den linken Oberschenkel und schreckt mich aus meinen Träumereien. „Laut was?!"

Va bene, ich kann wieder hören! Oder anders gesagt, bei dem jetzigen Tempo ist das Auto sehr viel leiser und die Stimmen ausreichend laut.... Ich nicke, „ich weiß", schließlich hatte ich vor Jahren auch mal solche Gefährte und für Autobahnfahrten sind die nicht wirklich gebaut.

„Wo fahren wir jetzt nochmal genau hin?" frag ich ihn. „Zu meiner Tante ans Meer, da bleiben wir eine Nacht. Morgen fahren wir wahrscheinlich zum Ätna, in den nächsten Tagen dann nach Norden zu unseren Ferienhäusern. Von da aus werden wir uns das eine oder andere noch ansehen. - Du hattest Dich doch für das Weingut interessiert, deren Vino Euch so schmeckt. Wenn Du noch was in der Gegend sehen willst, frag mich, wenn wir Zeit finden, fahren wir hin."

Ich hake ein, „was meintest Du damit, dass Ihr Probleme mit Feuer habt, das ist doch hier bei dem Klima und dem wenigen Regen vermutlich normal?" Er kurbelt den Wagen durch die engen Straßen, verzieht dabei das Gesicht und vertröstet mich auf die folgenden Tage. Das hilft mir zwar jetzt nicht wirklich bei meinen vielen Fragen weiter, aber eigentlich habe ich ja vor allem Urlaub.

Quietschend bleiben wir vor einem schön restaurierten Bruchsteingebäude stehen. Dieses liegt unauffällig hinter anderen Häusern und ist nur über eine schmale und verwinkelte Zufahrtsstraße zu erreichen. Dafür grenzt es direkt mit dem Grundstück ans Meer, weil es unmittelbar an der Einfahrt zum kleinen Hafen liegt.

Claudio hat sich wieder meine schwere Tauchertasche gegriffen und bittet mich hinter sich ins Haus, wo uns eine lächelnde, italienisch einfach, aber schick gekleidete, schlanke Frau in undefinierbarem Alter entgegen kommt.

Claudio hat sich wieder meine schwere Tauchertasche gegriffen und bittet mich hinter sich ins Haus, wo uns eine lächelnde, italienisch einfach, aber schick gekleidete, schlanke Frau in undefinierbarem Alter entgegen kommt. Dort lässt er die Tasche fallen - was ein Glück, dass nichts Empfindliches drin ist - und läuft ihr entgegen. „Ciao Anna-Lisa!" Und zu mir, "das ist die zweitbeste Köchin der Familie, die beste war natürlich..." „Maaammaa!" fällt sie ihm ins Wort und um den Hals, „Benvenuta Claudio!“

Die Tante entpuppt sich so schnell als freundliche Dame mit einem herrlichen Kauderwelsch aus italienischen, englischen und deutschen Bruchstücken und offensichtlich einer Affinität zu leckerem Essen, weil „Mangiare" und „Spaghetti Vongole?" verstehe auch ich direkt. Und auf ihren folgenden fragenden Blick nicken Claudio und ich eifrigst.

Er greift mich am Oberarm und zeigt zu einer Tür, „komm ich muss Dir was zeigen". Ich folge ihm über eine schmale Treppe und wir landen auf einer Natursteinterrasse mit unerwartet freiem Ausblick auf die Hafeneinfahrt. „Den kleinen Ort Pozzillo hinter Acireale kennt kein Mensch, daher ist es hier noch ruhig. Den Hafen nutzen fast nur Fischer und da unten vorm Haus kannst Du direkt baden. Von der Terrasse oder von dem Felsen dort kann man direkt reinspringen. Es ist tief genug. Hinter dem Felsen gibt es eine Badeleiter zurück. Wenn wir in den nächsten Tagen vor der Weiterfahrt mal früh genug zurück kommen sollten, grillen wir Scampi hier oben und trinken den mitgebrachten Vino bianco.“ Und ergänzt mit breitem Grinsen, „aber nicht alles, wir brauchen später auch noch was." „Müssen wir einfach eine Kiste mehr kaufen", ist alles was mir dazu einfällt und dann genieße ich erst mal den Ausblick auf grün-blaues Wasser zwischen grauen Steinen und vor blauem Himmel, durch den gerade ein Fischer mit einem bunt bemalten tuckernden Holzkahn, wahrhaft Reiseführer-like, pittoresk zurück in den Hafen tuckert.

Ein kurzer Blick und ein Fingerzeig mit dem o.k.-Daumen von ihm aufs Wasser reicht uns, um uns einig zu sein. Schnell verstauen wir das Gepäck in den Zimmern und springen schon nach wenigen Minuten ins Wasser. Das wirkt wunderbar erfrischend nach der Schaukelei im Auto. Nach kurzer Plantscherei werden wir aber vom Hunger wieder heraus getrieben, kurz geduscht sind wir direkt zum Essen wieder hübsch gemacht.

„Claudio" ruft Anna-Lisa von unten, „spaghetti sono pronti!" Was das heißen dürfte, erschließt sich direkt aus seiner Miene, dem leckeren Geruch und dem anschließenden Weg zurück ins Erdgeschoss des Hauses. Wieder im Wohnzimmer hatte sie bereits die Fensterläden geöffnet und es ist damit deutlich heller als vorher. Man merkt allerdings auch sofort, wie von außen mit dem Licht auch die spätsommerliche Wärme das vorher doch recht kühle Zimmer durchströmt.

Die wilde Stilmischung aus alt und modern im weiß getünchten, mit alten Steinen gefliesten riesigen Wohn- und Essbereich sieht im Hellen deutlich netter aus, als im dunklen Zwielicht der vorher geschlossenen Fensterläden. Umso mehr, als die große, bunt bemalte Keramikschüssel auf dem Tisch bereits mit Spaghetti und Muscheln gefüllt ist. Die untergerührten Kräuter und Zitronenscheiben verströmen dazu mit dem aus offener Flache über Anna-Lisas Daumen frisch darüber dosierten Olivenöl einen unglaublichen Duft mit einer dezent zitronigen Knoblauchnote.

Lächelnd leckt sie sich den Daumen ab und schaufelt uns danach mit einer großen Holzgabel und einem passenden Löffel die Teller voll, während sie dabei wasserfallartig mit Claudio italienisch spricht. Es wird mir wohl immer ein Rätsel bleiben, wie bei diesen Sprechgeschwindigkeiten und am liebsten im Durcheinander gegenseitiger Wortschwälle irgendwer noch irgendwas vom Inhalt verstehen kann.

Die Nudeln sind auf den Punkt, al dente, natürlich, was auch sonst? Die Soße ist keine im deutschen Sinne, sondern scheint vor allem aus Muschelsud,

Weißwein, Zwiebeln und Kräutern mit frischem Olivenöl zu bestehen. Ich tröste mich damit, dass alles schon wegen der Luft und der Urlaubslaune besser schmecken muss. „Hier bekommst Du den Fisch noch von den Fischern und nicht vom Supermarkt" erklärt Claudio fast akzentfrei. Jetzt will ich es aber wissen, „woher sprichst Du eigentlich so gut Deutsch?" „Meine Mutter war Deutsche aus Düsseldorf, mein Vater Italiener von hier."

Allerdings scheint die Frage die Stimmung erst mal verdorben zu haben, denn sowohl Claudio wie Anna-Lisa konzentrieren sich mit eher bitterer Miene wieder auf ihre Teller. Nach kurzer Pause ergänzt er dann zögernd „beide sind im letzten Herbst durch einen Autounfall ums Leben gekommen. Deshalb war ich dann im Dezember nicht wie sonst die Jahre in Düsseldorf, weil ich mich um vieles kümmern musste." Stimmt, jetzt wo er es sagt. Er war die Jahre davor eigentlich immer irgendwann mit dabei, wenn wir uns am Weihnachtsmarkt oder beim Italiener mit Freunden trafen. Ich weiß gar nicht mehr, wie er überhaupt zu uns gestoßen war. Aber bei Freunden von Freunden und deren Bekannten, die als italophil in den letzten Jahren immer wieder mal aufgetaucht waren und meinem extrem schlechten Personen- und Namensgedächtnis ist das für mich auch wieder kein Wunder.

„Meine Eltern sind auf der Küstenstraße im Norden bei Cefalú verunglückt. Ein LKW hatte ihnen die Vorfahrt genommen. Mit dem alten Alfa Spider hatten sie keine Chance. Der LKW-Fahrer behauptete, er hätte sie nicht gesehen und Papa war wohl etwas zu schnell. Wenn wir die nächsten Tage im Norden sind, kommen wir an der Stelle sicher mal vorbei. Dann kannst Du mir mal Deine Einschätzung dazu sagen, Du bist doch Ingenieur und hast viel mit Autos zu tun, wenn ich mich recht entsinne."

„Stop!" versuche ich ihn zu bremsen, „ich hab zwar an der Uni mal irgendwann auch dazu was gehört, aber das ist fast 30 Jahre her und ich hab von Unfallrekonstruktion keine Ahnung. Was sagt denn die Polizei?" Claudio winkt ab, „vergiss es, die hatten spätestens dann kein Interesse mehr an näheren Ermittlungen, als ein Zeuge äußerte, dass Papa eventuell zu schnell war. Mein Vater war aber eigentlich immer ein sicherer Autofahrer - und weder der LKW-Fahrer noch der Zeuge waren von hier und kurz danach auch wieder weg. Der eine fuhr für eine serbische Spedition, der andere war irgendein osteuropäischer Bauarbeiter."

Kauend wiege ich den Kopf hin und her. Leckeres genüsslich kauend und danach geschluckt kann ich wieder reden, „naja, das klingt aber nicht nach sizilianischer Mafia". Claudios Gesicht spricht dafür, dass er über diesen Versuch eines müden Witzes nicht wirklich lachen kann. „Allora, Ihr Deutschen denkt immer noch, es gäbe hier in ganz Südeuropa nur die sizilianische Mafia. Die Zeiten der Solo-sizilianischen Mafia sind lang vorbei. Es gibt immer mehr Leute aus immer mehr Ländern in allen möglichen Strukturen mit großem Interesse an schnellem Geld. Die versuchen nicht nur hier auf Sizilien mit Geldwäsche, Drogen, Autodiebstahl, Immobilien et cetera mehr oder weniger illegal an viel Geld zu kommen. Das wurde nach dem Jugoslawien-Konflikt in den letzten 35 Jahren viel schlimmer, als es vorher nur mit der hiesigen Mafia mal war."

Zwischendurch furcht er energisch mit der Gabel durch die Spaghetti und dreht sie italienisch im Teller - und nicht wie ich als typischer Deutscher im Suppenlöffel, den Anna-Lisa auch nur mir hingelegt hatte. „Wir besitzen ein mehrere Grundstücke im Norden ganz in der Nähe der Unfallstelle, wo wir ein paar Ferienwohnungen haben. Du wirst das bald sehen, weil wir dort ein paar Tage wohnen werden. An dem Grund hat jemand offensichtlich großes Interesse, wir hatten zumindest in den letzten Jahren einige Kaufanfragen. Dahinter steckte meines Wissens aber kein Sizilianer, sondern eine ausländische Gruppe oder Person. Mir ist nur noch nicht klar, was die damit wollen. Ein Hotel darf da gar nicht gebaut werden und wir wollen auch gar nicht verkaufen."

„Claudio, aber was kann ich Dir dabei helfen?" Ich verstehe immer weniger, warum er mich nun eingeladen hatte. Naja, die Flüge habe ich immerhin selbst bezahlt, aber kostenlose Unterkunft und die organisierten Transfers - und vor allem italienisches

Essen von irgendeiner „Mama" - oder gern auch Tante Anna-Lisa – ist ja auch was Feines.

„Keine Sorge, ich suche keinen Carabinieri-Ersatz für die Unfallermittlung. Wir haben hier ein ganz anderes Problem, das aber in letzter Zeit immer schlimmer wird. Es brennt immer öfter und wir haben schon ein paar Gebäude und einiges an Feldern verloren, bisher glücklicherweise nichts von größerem Wert."

Claudio macht eine Pause und versucht offensichtlich parallel zum Essen Anna-Lisa auf italienisch zu erklären, worüber wir hier am Tisch gerade sprechen. Ich kann hier sowieso nicht folgen und widme mich daher wieder dem Meeresgetier und der Pasta, bevor sie kalt wird. Der Vino bianco Cattaratto schmeckt dazu und gerade hier noch viel besser als zu Hause, selbst wenn es nach Etikett eigentlich der Gleiche sein sollte.

Bevor ich dazu komme, erneut darüber nachzudenken, ob das an der Luft oder an der Urlaubspsyche liegt, wendet sich Claudio wieder mir zu. „Du bist doch bei der Feuerwehr. Du weißt sicher besser als wir, was wir da vielleicht machen können."

Peng, Katze aus dem Sack. Im Urlaub arbeiten. „Claudio, ich weiß nicht, ob ich Dir da helfen kann. Ich kenne weder Eure Gebäude, noch die italienischen Bauvorschriften oder die sizilianischen Gewohnheiten."

„Amico, das macht nichts, si vedra. Oder frei nach Eurem Kaiser Franz: Schaun mer mal, dann sehn wir schon."

Salute della Cucina

Mein Gott, wer hat das Licht jetzt schon angemacht? Ich blinzle vorsichtig mit einem Auge. Au! Die Sonne scheint durch einen der vielen Spalte in den hölzernen Fensterläden meines Zimmers, gemeinerweise und mit Sicherheit absichtlich böswillig genau in mein linkes Auge. Konsequenterweise schließe ich das direkt wieder und probiere das andere. Draußen ist es taghell, ich linse auf meine Armbanduhr. Meine Güte, kurz vor 9 Uhr. Der Abend gestern war doch gar nicht so lang und wir waren nach dem Essen und dem Wein und dem Espresso und dem von Anna-Lisa selbst angesetzten herrlichen Limoncello auch weit vor Mitternacht schlafen gegangen. Normalerweise werde ich nach längstens 6 Stunden Schlaf wach und unruhig. Marie macht sich über meine presenile Bettflucht nicht umsonst immer lustig.

Heute will Claudio aufs Land fahren und mir hier die Gegend zeigen - wenn wir Zeit finden würden und Lust darauf haben, eventuell sogar bis zum Ätna.

Damit wir den Hauch einer Chance haben, den Plan zu realisieren, müsste ich jetzt aber aufstehen. Unten höre ich auch schon deutliche Geschirrgeräusche, nicht dass der einzige Gast auch der Letzte ist.

Nun gut, wenn es denn sein muss. Schwungvoll versuche ich die Bettkante zu überwinden. Aber aufstehen war früher(™) auch irgendwie leichter.

Eine schnelle Dusche bringt die Lebensgeister wieder. Zumindest die eine Hälfte, die andere ist noch mit sich selbst beschäftigt und meldet diverse Schmerzen von Rücken und Nacken. Ich schiebe diese mal besser auf die Fahrt in der britischen Blechschüssel oder auf das ungewohnte Bett, bevor ich über mein Alter oder die Getränke weiter nachdenke und ziehe mich leise ächzend an. T-Shirt und Bermudas sollten eigentlich erst mal reichen.

Nachdem ich zwar vorhin im Gästezimmer vom Wohnzimmer aus Geräusche gehört hatte, aber dort eindeutig keiner zu sehen war, orientiere ich mich Richtung Terrasse und werde fündig.

„Buon guiorno Anna-Lisa, buon guiorno Claudio", blinzelnd komme ich auf die grell sonnenbeschienene Terrasse, wo die beiden auf schicken Klappstühlen aus verschnörkelten Schmiedeeisen und weiß lackiertem Lattenholz unter einem ausladenden, mit weißem Leinen auf einem Holzgestell bespannten Sonnenschirm an einem offensichtlich alten, runden und zu den Stühlen passenden Tisch sitzen, Cappuccino trinken und dazu schon Gebäck knabbern. In einer schicken Etagere liegen auf mehreren Ebenen weitere Kekse und verschiedene Hörnchen sowie ein paar Erdbeeren bereit.

„Come stai Klaus, wie geht´s?" Claudios Augen sind natürlich hinter seiner Brille verborgen, aber er grinst so breit wie italienisch frech. „Hol Dir eine Sonnenbrille, macht sonst Falten um die Augen und das wirkt alt." Stimmt, da war doch was. Da ich keine Lust habe, als Opa aus dem Urlaub zurück zu kommen und ohne Brille eh in dem grellen Licht kaum sehen bzw. erkennen kann, drehe ich direkt wieder um und folge seinem Rat.

Als ich zurückkomme, steht da schon eine dritte Tasse und ein im Vergleich zu gestern Abend wahrhaft winziges Tellerchen. Ich rühre etwas vom auf dem Tisch stehenden braunen Rohrzucker in den Cappuccino ein, knabbere bröselnd am Keks und frage „ist das immer so grell hell hier?"

Claudio übersetzt und beide prusten lachend los. „Du bist in Italien, das ist für Dich fast der Äquator. Denk immer an die Sonnenbrille und bei Deiner Haut solltest Du Dich – und zwar bevor Du irgendwohin gehst - entweder mit langen Klamotten versehen, mit Sonnencreme dick einschmieren, oder im Schatten bleiben." Claudio stockt und fährt breit grinsend fort, „wenn ich Dich so ansehe Tedesco, dann solltest Du alles davon tun".

Er hat gut reden, seine Haut wird in 40 Jahren zwar wie gegerbtes Leder aussehen, aber jetzt hat er diese verbotene naturbraune Farbe mit den dunklen Haaren und den Augen mit dem blitzenden Schalk. Ich kann nicht sagen, was davon den Mädels in Deutschland besser gefallen hat. Er hätte in jedem Fall ausreichend Auswahl gehabt, war aber zwar frech, aber letztlich nicht interessiert gewesen.

O.k., genug geneidet, Lust auf „Bleichgesicht wird Rothaut" habe ich keine. Lange leichte Klamotten habe ich deshalb natürlich neben wie immer viel zu vielen T-Shirts und Socken auch dabei. Sonnencreme in Lichtschutzfaktor 50 für den Anfang und 30 für später sowie eine gute Sonnenbrille auch. Ich ergänze in Gedanken eine noch zu kaufende Kappe, die hatte ich wieder mal zu Hause liegen lassen. Bei der Sonne brauche ich die aber, um meine beginnenden Geheimratsecken zu schützen - nicht dass ich statt wie ein lächelnder braungebrannter Urlauber eher wie eine jämmerlicher sturer germanischer Ziegenbock mit zwei eingebrannten roten Hörnern auf der Stirn nach Hause komme. Marie wäre nicht begeistert. Obwohl, letztlich würde sie sich kaputt lachen, wenn mir die Weisheit in Schuppen von der Stirn bröselt....

Umgezogen starten wir unmittelbar nach dem knappen italienischen Frühstück. Mehr braucht es nach dem Abendessen nicht, mehr ginge auch noch gar nicht wieder rein.

Claudio startet den Landy. Anders gesagt, derselbe erwacht rappelnd, asthmatisch hustend, spuckend und knallend zum Leben, schüttelt seine Blechteile in alle Richtungen bis er sich einigermaßen gefunden hat und wir fahren zurück Richtung Autobahn.

Ich freue mich auf den Ausflug, auch wenn es eine längere Fahrt werden wird. Das Wetter ist wahrhaft blendend, keine Wolke trübt den blauen Himmel. Es ist am Morgen noch nicht so heiß wie es später in der Mittagssonne werden wird, aber schon so warm, dass man auch bei 80 km/h - oder was auch immer DAS Auto bei DER Anzeige wirklich fährt – am besten bei aufgeschobenem Seitenfenster sitzen kann.

Sonnenbrille auf, den rechten Ellenbogen aus dem Fenster, soweit das bei den schmalen Schiebescheiben und der Sitzposition im SIII überhaupt geht und sich im wahrsten Sinne der Geräuschkulisse wie Lord McLoud auf Picknicktour fühlen. Herrlich!

Wir wollen nach kurzer Diskussion zu möglichen Zielen heute bei bestem Wetter tatsächlich direkt hoch zum Ätna, um danach in der Nachmittagssonne dessen Umfeld zu erkunden. Ich bin vor allem gespannt, wie es auf dem Vulkan so ist. Die Bilder im Fernsehen sind immer beeindruckend und zeigen Lavaströme oder mindestens gewaltige Rauchwolken. Derzeit scheint aber dem Anblick auf der Anfahrt folgend auf dem Berg eher ein größeres, aber recht gemütliches Pfeifchen geraucht zu werden, als dass ein massiver Ausbruch mit glühenden Brocken und fließender Lava drohen könnte.

Es ist trotzdem eine beeindruckende Kulisse. Je höher wir kommen, umso weniger wächst an Grünzeug und umso schroffer wird die Gegend. Nach längerer Fahrt über alpenähnliche Serpentinenstraßen erreichen wir die Talstation am Rifugio Sapienza oder auch als Etna Sud bekannt. Hier sieht es dann auch fast so aus, wie eine beliebige ebensolche beim Skifahren in den Alpen; übervolle Parkplätze, Seilbahn, Menschenschlangen an der Kasse und am Lifteingang. Nur liegt die Liftstation hier nicht im Schnee, sondern in einer graubraunen Steinwüste mit ein paar angestaubten Pflänzchen. Im Winter kann man oben angeblich auch Skifahren. Bei der aktuellen Temperatur von deutlich über 25 °C an der Talstation irgendwie schwer vorstellbar.

Wir stellen den Landy auf einem großen Parkplatz unterhalb der Liftgebäude ab und lassen uns per Seilbahn die erste Etappe hochbringen. Auf dem Weg hoch kann man einige alte, zumeist schräg stehende, Masten seitlich der aktuellen Liftstrecke sehen. Claudio erklärt mir, dass die alte Seilbahn Anfang der 2000er Jahre bei einem größeren Ausbruch schwer beschädigt und großteils sogar komplett zerstört wurde.

An deren Bergstation wird danach neu erstellten Liftkomplexes steigen wir in hochbeinige und nicht nur deshalb voll geländegängige „Busse" um. So etwas sieht man sonst nur im Braunkohletagebau: Busaufbauten auf Unimog-Fahrgestellen.

Die staubbedeckten, immer wieder ankommenden und abfahrenden Unimogs scheinen auf jeden Fall bei den italienischen Fahrern beliebter zu sein, wie ähnliche Aufbauten auf ebenfalls geländegängigen heimischen Iveco-LKW. Die stehen offensichtlich seit längerem, weil halb mit Sträuchern zugewachsen und von einer dicken Staubschicht überzogen, zu mehreren fast verschämt in einer Ecke geparkt.

Mit brüllenden Motoren schrauben sich diese Geländebusse mit Vollgas und mehrfachen Gangwechseln vor und nach den engen Serpentinenkurven immer weiter den steilen Berg hoch. Die Schraubenfedern und Bodenwellen führen zu einem Sitzgefühl wie auf einem Kamel auf Ecstasy.

Die Karawane der LKW zieht eine dicke Staubwolke auf der gewundenen Bergpiste hinter sich her. Gerade beim Anblick der uns entgegen kommenden Talfahrer auf der gleichen Piste komme ich ins Grübeln. Gefahren werden die LKW offenbar von entweder sehr erfahrenen oder sehr lebensmüden Fahrern. Und wir müssen schließlich damit auch wieder hinunter...

Oben am Berg kommen die hochbeinigen Gefährte schwankend in einer grau-gelben Wolke aus Steinstaub stehen. Wir steigen neben halb in der Lava oder Asche begrabenen steinernen Gebäuderesten aus, die nach den Erklärungen der

Führer bei einem der letzten großen Ausbrüche vor etlichen Jahren verschüttet wurden.

Staunend stolpern wir in schwefeliger Luft durch die Mondlandschaft, um die Aussicht zu bewundern. Claudio marschiert neben mir auf dem schmalen, aber von vielen Füßen ausgetretenen Pfad und erklärt mir, wohin wir gerade in die Ferne blicken, wie wir später um die Südflanke des Berges zurück fahren wollen und wo wir in einigen Tagen auf der Fahrt zu seinem Feriengut am nördlichen Rand Richtung entlang fahren werden.

Nach kurzer Zeit macht sich aber schon die Höhe bemerkbar. Es ist für unsere Sommerkleidung auf Dauer empfindlich kühl im Wind. Die Luft ist dünn, die Kletterei dadurch ziemlich anstrengend und so machen wir uns schon nach einer guten Stunde auf dem gleichen Weg zurück.

Das heißt, zu Fuß zuerst zurück zur Berghaltestelle der Busse, dann mit diesen noch schneller nach unten, als man vorher hoch geheizt wurde. Immer in der Hoffnung, dass die Bremsen auch wissen, dass sie nicht nur in der ersten Kurve, sondern auch noch in der letzten funktionieren müssen.

Ich bin wirklich erleichtert, als wir wieder aus dem Bus in die Seilbahn umsteigen. „Mensch Claudio, wie viele Busse fliegen hier eigentlich im Jahr die Abhänge herunter? Wieso rasen die denn so? - Normalerweise fährt man doch in dem Gang runter, mit dem man hoch fährt und man versucht möglichst die Bremsen zu schonen, damit die nicht überhitzen." Er grinst über das ganze Gesicht. „Klaus, Du bist auch ein typischer Deutscher. Die fahren immer so. Ich weiß nicht, wann der letzte Unfall war. Wir Italiener fahren immer so schnell, wie es geht.“ Nach einer kurzen Kunstpause ergänzt er grinsend, „Ihr seid wie ein sicherer Mercedes, wir wie schneller Ferrari!"

Beim Gedanken an die Rückfahrt bergab mit dem Landrover wird mir schon mal vorab komisch und mir wird flau im Magen.

Wieder auf dem Parkplatz bei Etna Sud angekommen, entern Claudio und ich seine Aluminiumschaukel. Unmittelbar danach versucht er mir direkt nach dem Einbiegen auf die Serpentinenstraße schon zu zeigen, dass er bergab mindestens so begabt ist, wie die Ferraristi in den Geländebussen.

Bergauf musste Claudio sich bei seinem 6-Zylinder mit irgendwas zwischen vielleicht echten 80 und ehemaligen fast 90 PS und entsprechend gemütlichen Geschwindigkeiten aber großer Lautstärke begnügen, bergab kann er den vollen Schwung von gut 1,5 Tonnen Leergewicht ausnutzen.

Da ich weiß, dass es bei der englischen Seifenkiste weder eine nennenswerte Bremskraftverstärkung gibt, noch dauerfeste Bremsen, hoffe ich um die Kraft seines rechten Oberschenkels, die Gütigkeit des Gottes der sizilianischen Autofahrer und auf möglichst wenig Schmerzen bei einem etwaigen Unfall.

Nach unzähligen Kurven fährt Claudio entweder mir zuliebe etwas langsamer, oder er hat schlicht einen Krampf im Oberschenkel. Lächelnd haut er mir mal wieder auf meinen und brüllt mir zu, „keine Sorge, der Wagen ist super in Schuss, ein Freund von mir hat eine Werkstatt". Nicht dass mich die Aussichten auf italienische Mechaniker angesichts des Straßenverlaufs und deren Zustands jetzt groß beruhigen würde, wichtiger ist mir eher, dass er einfach langsamer fährt.

Mittlerweile ist es Nachmittag und wir sind irgendwo am Westhang des Ätna Richtung Adrano inmitten malerischer alter, von Generationen Landwirten gepflegter, relativ klein und kleinst parzellierter Kulturlandschaft. Die Dörfer haben entweder einen touristischen, also meist historischen Anziehungspunkt, oder sie verfallen ebenso wie viele der alten, vor Jahrhunderten zum Schutz der fruchtbaren Vulkanerde mühsam und ohne Mörtel errichteten Trockensteinmauern immer mehr.

Der verhinderte Rennfahrer Claudio lenkt seinen englischen Rover-Traktor auf eine Parkfläche vor einem unscheinbaren Straßen-Café. Langsam falten wir uns aus den Türen, die scheppernd hinter uns in ihre Schlösser fallen. Claudio ist guter Laune, „komm, wir spülen uns den Staub aus der Kehle. Wir haben noch gut 2 Stunden Rückfahrt vor uns, aber noch genug Zeit, bis wir zum Essen erwartet werden."

So wie ich mich fühle, habe ich gerade eine Kuhherde durch den Bayerischen Wald getrieben – oder jemand diese über mich hinweg. Ächzend strecke ich meine Knochen und versuche sie in die richtige Lage zu schieben und wünsche mir statt einer coolen Blattfederkarre zum ersten Mal einen altersgemäßen und am besten luftgefederten Sänftenwagen.

Hinter Claudio stolpere ich durch den dunklen Hausflur und lande auf einer sonnenbeschienenen Terrasse mit Holzdielen und gemütlichen Sesseln, die mit bunten, aufgrund der eher unregelmäßigen Webart und nicht ganz reinen Farben vermutlich handgemachten Tüchern bedeckt sind. Auf jedem Tisch steht ein Aschenbecher aus gebranntem Ton und eine fast orientalisch wirkende gläserne Leuchte mit Messingverzierungen. Der Ausblick vom Haus über den voller Obstbäume stehenden sanften Abhang geht weit in ein mit goldener Sonne beschienenes Tal hinaus.

Schön hier, sinniere ich... - Eindeutig noch schöner ist aber die braungebrannte, dunkelhaarige und sehr hübsche Bedienung, die justamente im knappen schwarzen Rock und enger weißer Bluse durch einen klappernden Perlenvorhang aus einer Tür auf uns zu kommt. Claudio kennt sie offenbar gut, denn er geht auf sie zu, um sie intensiv mit Küsschen zu herzen. Kaum hat er sie wieder los gelassen, richtet sie sich mit einem Griff die gar nicht zerzausten Haare, um danach mit einem Augenaufschlag die Bestellung haben zu wollen.

Als ich meine Sprachlosigkeit verloren habe, um Claudio nach ihr zu fragen, grinst er nur. „Du musst einfach wissen, wohin man geht. Das ist hier nicht anders wie bei Euch. Ich würde mich in Düsseldorf auch nicht zurecht finden und in irgendwelchen Touri-Schuppen an Eurer angeblich längsten Theke der Welt in der Altstadt landen, wenn Ihr nicht wüsstet, wo es gerade gut ist. Angelo, der das Café hier betreibt, ist einer meiner alten Freunde. Er hat hier das alte Lokal an der Straße übernommen und im letzten Jahr begonnen, aus dem alten und verlebten Ausflugslokal, früher mal eher eine Touristenfalle, etwas komplett Neues aufzubauen. Er will versuchen über qualitativ gute Produkte die immer zahlreicheren Radfahrer, aber auch die Ausflugs-Busse, zum Halten zu bringen. Vor allem in der Nachmittagssonne ist hier ein schöner Ort, an dem das funktionieren könnte. Als nächstes wird der Parkplatz gemacht und er hat schon Info-Touren bei den Reiseveranstaltern angemeldet. Rafaela kenne ich schon seit vielen Jahren, wir sehen uns leider viel zu selten. Sie hat Verwandtschaft in der Nähe des ehemaligen Wohnortes meiner Eltern."

Claudio zeigt in die Landschaft, „sieh Dir das hier an, das ist eine von ganz vielen verschiedenen Gesichtern von Sicilia. Hier baut man seit vielen Jahrzehnten vor allem Obst und Gemüse an, auf der anderen Berghälfte von Norden über den Osten bis zum Süden gibt es eher Vino und in den nächsten Tagen sehen wir noch jede Menge sanfte Hügel mit viel Getreide und natürlich auch wieder Wein."

Stimmt, ich erinnere mich, Sizilien war und ist die Kornkammer Italiens. „Wenn es so trocken ist wie in diesem Jahr, haben wir immer große Probleme mit Bränden. Am Schlimmsten ist es, wenn der Scirocco aus Afrika hier rüber weht und alles austrocknet. Hier stehen zwar noch viele Steinmauern, die auch noch einen gewissen Windschutz bieten, aber es gibt auch auf Sizilien immer weniger Leute, die sich um deren Erhalt kümmern, dafür immer größere Flächen, die entweder geschlossen bewirtschaftet oder direkt bebaut werden sollen – oder einfach verfallen."

Breit lächelnd und gleich auf Claudio einschwatzend kommt hüftschwingend der liebliche Service zurück. Täusche ich mich, oder ist ein weiterer Knopf der vorher schon nicht hoch geschlossenen Bluse offen? Sie bringt 2 kleine Biere, die so kalt sind, dass sich trotz der trockenen Luft Tropfen aus Kondenswasser gebildet haben. Dazu stellt sie uns mit der unnachahmlichen Grazie der Italienerinnen, aber sich eindeutig weiter nach vorne beugend als nötig wäre, eine Schale mit grünen Scheiben auf den Tisch. Den Inhalt kann ich schon deshalb nicht näher einordnen, weil ich von der offenbar ziemlich weit durchgehenden Bräune ihrer Pfirsichhaut verwirrt bin. Danach zelebriert sie uns, oder wenn ich ehrlich bin eher Richtung Claudio lächelnd, genau so auch noch je eine Schale mit Chips, Erdnüssen sowie Oliven. Auf einem kleinen Teller liegen schon ein paar Zahnstochern, kleine Löffel und dazu noch ein kleiner Stoß roter Papierservietten bereit.

Nachdem ich mich vom Einblick erholt habe, greife ich neugierig eine der grünlichen Scheiben. Claudio sieht meinen rätselnden Blick und klärt mich auf. „Das sind frittierte Zucchini, das Gemüse bauen die hier selbst an. Probier mal, molto bene!"

Natürlich hat er Recht. Im Gegensatz zu den Kartoffelchips aus der Tüte sind diese Gemüsechips innen noch etwas weich, außen aber kross, etwas gesalzen und vor allem eins, gerade zu dem kalten Bier sehr lecker.

Antipasti

Trommelnd und dröhnend bricht der Vulkan aus, glühende Asche und heißer Rauch steigen auf, wir krabbeln aus einem schräg stehenden Bus und versuchen zwischen schräg stehenden, unten schon von Lava glühenden Masten in der Dunkelheit wegzulaufen....

„Klaus, aufstehen!" Ich schrecke schweißgebadet vom Bett hoch und bemerke erleichtert, dass abgesehen von Claudios wildem Pochen an meine Zimmertür, die Lage gerade in Pozzillo – und damit in nicht ganz so geringer Entfernung zum Ätna - völlig ruhig ist. „Allora, raus aus dem Bett, wir wollen doch heute noch in den Norden nach Cefalú. Wenn wir rechtzeitig ankommen, können wir noch in der Abendsonne am Strand baden."

Wenn das kein Anreiz ist? Also raus aus dem Bett, der Blick in den Badezimmerspiegel sorgt dafür, dass erst noch geduscht wird, in der Hoffnung, dass der Spiegel danach so beschlagen ist, dass ich mein rote Nase nicht mehr sehe. Die scheine ich in den letzten drei Tagen hier irgendwie vergessen zu haben, als ich täglich in Sonnenmilch fast gebadet habe. Sollten wir heute Abend dann noch ausgehen, habe ich zumindest den zweifelhaften Vorteil, dass ich mit dem Leuchtturm im Gesicht alle Blicke auf mich lenken werde. Marie hatte gestern ein Höllenspaß, als ich ihr ein passendes Selfie gesandt hatte. Sie hatte sich nach längeren

Gesprächen auch wieder beruhigt. Nach meiner etwas unvorsichtigen Erzählung zum Renntrip auf und um den Ätna wollte sie eigentlich, dass ich mich eher in den nächsten Flieger nach Hause, als mich noch einmal zu einem offensichtlichen Freizeit-Rennfahrer in einen alten englischen Geländewagen zu setzen.

Nach einem typisch italienischen Frühstück aus Cappuccino und Hörnchen verabschieden wir uns recht schnell von seiner Tante, die natürlich die letzten Abende wieder geniale Essen mit gegrillten frischen Scampis, Tintenfisch, Fisch und Salat gezaubert hatte.

Claudio lenkt die englische Bergziege zunächst wieder auf die Autobahn, die zwar für den Wagen eigentlich völlig artfremd ist, aber trotzdem die schnellste Verbindung darstellt. Wir fahren bis zur Autobahn die gleiche Strecke wie auf der Rückfahrt vom Ätna, die zwar schon drei Tage her ist, trotzdem wie gestern erscheint. Auf der Rückfahrt am sehr späten Nachmittag war das nach dem langen Tag und einigen Stunden der Fahrerei quer durch das südliche Umland des Ätna ein völlig anderer Ein-druck als jetzt in der Morgensonne. Beides liefert imposante Farbspiele und ist auf jeweils eigene wunderschön.

Während ich nach Stunden der Fahrerei zurück vom Ätna irgendwann richtig froh war, wieder auf der Terrasse bei Anna-Lisa sitzen und ihr zusehen zu können, wie sie dafür sorgte, dass uns wieder das Wasser im Mund zusammen lief, macht die Fahrt jetzt wieder Spaß. Nach einigen Kilometern weiter auf der E45 nach Norden wechseln wir erst auf die SS120 und fahren an der Nordseite des Ätna entlang. Bei Randazzo wollen wir die Straße um den Ätna verlassen und auf der SS 116 fast direkt nach Norden weiterfahren. Für die insgesamt gut 150 km brauchen wir allerdings nach den bisherigen Erfahrungen sicher drei bis vier Stunden.

Seit einiger Zeit bemerke ich schon einen leichten Brandgeruch, der in der Luft hängt und immer stärker wird. Vom Auto kann der nicht kommen, dazu riecht das zu wenig nach verbranntem Öl bzw. Gummi, dafür zu viel nach brennendem Heu und Buschwerk. Hier und da meine ich in der Ferne auch Rauchwölkchen oder schwarz verbrannte Flächen zu sehen.

Als wir um eine Biegung kommen und sich vor uns eine Ebene öffnet, sehe ich was da so riecht. Die Bauern brennen die abgeernteten, gelben und erkennbar völlig vertrockneten Stoppelfelder ab. Die Asche - bzw. der Rest der vom Wind noch übrig gelassen wird - wird später einfach unter gepflügt und dient so wieder als Dünger. Aschedüngung ist eine recht archaische und vor allem bei der Trockenheit und den oft herrschenden starken Winden sicherlich nicht ungefährliche Methode, Ackerbau mit Naturdünger zu betreiben.

Je weiter wir fahren, umso mehr solcher Flächen sind zu sehen. Interessiert konzentriere ich mich darauf, das während unserer Fahrt aus dem geöffneten Schiebefenster genauer zu betrachten. Es fällt auf, dass handtuchartige Streifen schwarz abgebrannt sind und dazwischen immer wieder auch größere Teile braun-gelb nicht verbrannt, aber sehr trocken aussehen. Wenn man näher kommt, kann man die Brandverlaufsspuren gut erkennen. Die über die Flächen kreuz und quer laufenden alten Feldwege, die von Trockensteinmauern gesäumt werden, dienen neben dem Wind- und damit Erosionsschutz schlicht auch als mehr oder weniger natürliche Grenzen für sich ausbreitende Brände.

Wenn das nicht reicht, oder keine solche Abgrenzung zwischen Feldern vorhanden ist, pflügen die Bauern offenbar einen schamhaften Streifen einmal um das Feld und bilden aus diesen, je nach Pfluggröße, zwei bis sechs Ackerfurchen, eine Art Brandschneise. Abhängig vom Pflug, dem Traktorfahrer und den Bodengegebenheiten variiert deren Breite erheblich.

Schon beim groben Hinsehen erkennt man, dass das nicht viel bringt. Das lose Stroh wurde von allen abgeernteten Feldern nur sehr oberflächlich aufgesammelt und eingebracht. Schon ein kleiner Windstoß treibt die frei herumliegenden Reste vor sich her.

Nicht immer zünden die Bauern die Felder direkt nach dem Pflügen an. So bleibt loses Stroh an den Ackerfurchen liegen und bildet oft wahre Feuerbrücken. An einigen Feldern kann ich bei der Vorbeifahrt sehen, wie sich das Feuer dann über die Grenze hinaus ausgebreitet hatte. Teilweise haben die Bauern das durch Umpflügen eines weiteren Bereiches eingegrenzt, teilweise lief es so lange weiter, bis das nächste größere Hindernis, wie eine Steinschlucht, oder eine Straße im Weg war.

Einen Bauer sehe ich, wie er mit seinem Traktor ein mit einem einfachen Strick zusammengebundenes und brennendes Strohbündel hinter sich her über das Feld schleift, um damit die dort liegenden Strohreste in Brand zu stecken. Natürlich lösen sich dabei brennende und glühende Teile und werden vom Wind weggetragen.

In jedem Fall ist das alles sicherlich auch eine gute Erklärung dafür, warum es hier auf Sizilien jedes Jahr Probleme mit ausgedehnten Flächenbränden gibt. Ich versuche Claudio während der Fahrt ein paar der Schlüsselstellen zu zeigen, aber Erklärungen sind bei dem Geräuschpegel im Auto schwierig.

Als wir eine kurze Pause einlegen, steige ich mit ihm auf die verbeulte Ladefläche des Landrovers, um besser über die Sträucher am Rande des Parkplatzes blicken zu können. Claudio nimmt einen tiefen Schluck Wasser aus der mitgebrachten

Flasche und nickt, „ja, das ist ein großes Problem, die Aschedüngung aus alten Zeiten. Das gerät zwar viel zu oft außer Kontrolle, aber das kann nicht die einzige Ursache für die Feuer sein. Ich kann mir nicht erklären, warum es einfach so mitten in der Nacht zu brennen anfängt, obwohl in der Umgebung kein Landwirt etwas angezündet hat und es sich trotz Windstille dann recht schnell über eine größere Fläche ausbreitet. Tagsüber könnte man ja noch auf Glasscherben tippen..."

Ich greife mir die Flasche, nehme auch einen Mund voll Wasser, um den Staub auszuspülen, pruste den in die trockene Landschaft und trinke danach einen großen Schluck. „Claudio, das mit dem Glas ist vermutlich selbst in der Sonne Siziliens eher ein Märchen. Da gab es vor gar nicht allzu langer Zeit eine Untersuchung, die mir in die Finger gefallen ist, wo es im Experiment selbst bei idealen Zündbedingungen nicht funktioniert hat, Stroh, Laub oder Holzspäne zu entzünden. - Und für braune Bierflaschen hat man das meines Wissens nach vielen Versuchen schon in den dreißiger Jahren des letzten Jahrhunderts als nicht nachvollziehbar betrachtet."

Claudio verzieht das Gesicht, „das macht die Probleme eher größer als kleiner. Komm, wir fahren weiter. Ich will ins Wasser."

Zwei Stunden später biegen wir von der Straße ab und holpern über einen passablen Feldweg zwischen Obst- und Olivenbäumen endlich einen

Hang nur ein paar Kilometer schräg oberhalb des Hafens von Cefalú hinauf. Je nach Verlauf des Weges sieht man den Hafen und dahinter die Stadt mit einigen wenigen saftigen Grünflächen so nah, als wenn sie nur einen Steinwurf weit entfernt wäre, oder blickt in die hügelige ausgetrocknete Hinterlandschaft.

Claudio biegt in einer Staubwolke in eine enge Rechts- und danach in eine weite Linkskurve. Wir fahren an einem offenen Schuppen vorbei, unter dessen Dach noch zwei andere Landrover - ein geschlossener Defender 90 neueren Baujahres und ein weiterer alter Serie, diesmal ein langer SII zu sehen sind.

Praktisch auf der Kuppe einer Anhöhe stehen niedrige, mit alten Tonschindeln in den verschiedensten rot-braun-Tönen gedeckte, grob schmutzig weiß verputzte Gebäude mit Ecken aus gemauerten großen Steinblöcken. Deren hölzerne braune Fensterläden sind vermutlich gegen die Hitze geschlossen.

Um die Gebäude stehen immergrüne Büsche und Sträucher zusammen mit verschiedenen Kräutern. Blumeninseln und einige Rasenflächen zeugen von laufender täglicher Pflege. Dazwischen laufen etliche Kaninchen und Hühner frei herum.

Claudio stoppt in der Auffahrt kurz und fährt rückwärts schräg nach oben in eine Parkbucht zwischen vielen Lavendelbüschen, bremst, legt wieder den 1. Gang ein, schlägt das Lenkrad beim nach vorne Rollen maximal seitlich hangaufwärts ein und zieht zum ersten Mal die Handbremse an. Kaum ausgestiegen, schwenkt er die Hände einladend übers Gelände und klettert auf die Ladefläche des englischen Pickup, breitet die Arme aus und ruft. „Für die nächsten Tage unsere bescheidene Bleibe“.

Er ergänzt mit einem Fingerzeig auf das Gebäude vor uns. „Die Wohnung vor Dir unten im Gebäude ist Deine. Ich wohne eine Etage darüber - der Eingang ist hier die Treppe am Gebäude aussen hoch und dann nach links. Du wohnst im alten Kuh- und Schafstall, ich im alten Strohlager. Das Haupthaus ist schräg dahinter, das ist noch nicht ganz fertig ausgebaut, aber keine Sorge, die Küche funktioniert schon." Er lächelt wieder sein sonnenbebrilltes Grinsen und wirft mir mein schon wieder völlig verstaubtes Gepäck zu.

Ich spaziere nach Abwerfen meiner Tasche im gar nicht mal so kleinen Appartement erst mal über das Gelände. Auf der Hügelkuppe befinden sich hinter einem beeindruckenden Torbogen als Einfahrt das aus eher grob behauenen Steinen gebaute Haupthaus, ein größerer Innenhof und direkt gegenüber vermutlich eine Art Scheune, die dem ersten Anschein nach aus massiven Holzbalken gebaut und darüber mit völlig ausgeblichenen Brettern verkleidet ist. Eigentlich ist das eine ungewöhnliche Bauweise für hier, wo es kaum Wälder, dafür umso mehr Steine gibt. Hinter der Scheune fällt der Grund steil und felsig zur Seite auf eine tiefer liegende sehr steinige Fläche ab, die dann langsam in Richtung Fahrzeugremise wieder ansteigt, während man von der Nordseite des Innenhofes bzw. vom Gemüsegarten des Haupthauses einen freien Blick über terrassiert angelegte, weil stark abfallende, ehemalige Wein- oder Olivenhaine weit bis Cefalú und zum Meer mit der an der Küste entlang laufenden Straße blicken kann.

Der Ausblick von hier weit oberhalb der Küstenstraße ist atemberaubend. Weit streckt sich die sichtbare Küstenlinie, man kann den Hafen sehen und hat am oberen Ende der Hügelkuppe fast den ganzen Tag Sonne - oder unter den alten Olivenbäumen und ein paar Zypressen um das Haus auch etwas Schatten.

Wenige Stunden später waren wir mit dem geschlossenen Defender 90 und Klimaanlage fast luxuriös wie versprochen für eine gute Stunde kurz nach unten ans Meer gefahren. Im kristallklaren Meerwasser zu baden war herrlich gewesen. Claudio hatte mir vom Strand aus erklärt, wie groß ungefähr das Grundstück ist - beeindruckend - und welche der mehreren alten, weit verstreut stehenden Gebäude, die nur teilweise direkt zu sehen waren, schon in den letzten Jahren zu Ferienwohnungen umgebaut worden waren, oder wo er das noch vor hat.

Das Gebäude in das er uns einquartiert hatte, ist ein direkt am alten Bauern- bzw. eher Gutshof stehender Stall. Der Hof verfügt über mehrere weit verteilte ehemalige Ställe und alte Scheunen oder Unterstände. Im Haupthaus liegt derzeit noch ein kleines Büro, die Wohnung von Maria, der Geschäftsführerin, Köchin und offensichtlichen guten Seele des Anwesens sowie noch die Zimmer für die paar wenigen Angestellten, die meistens nur einige Wochen beschäftigt sind und oft auch aus anderen Ländern kommen. Das Hauptgebäude mit der schönen alten Küche und einer großen Eingangs-halle will er auch noch umfassend sanieren und später als mehrere, auch zusammen buch- und nutzbare Appartements vermieten. Die Angestellten kämen dann entweder in den dafür umgebauten Stall, oder einen Neubau.

Viele von diesen machen kurze Praktika oder wollen sich so den Aufenthalt in Sizilien finanzieren. Work & Travel gibt es nicht nur in Neuseeland.

Derzeit waren aber nur Tereza - eine Rumänin, Stephanie - eine Deutsche und Nikolai - ein Serbe dauerhaft bei ihm beschäftigt und kümmerten sich vor allem um die Ferienwohnungen bzw. Nikolai als Mechaniker um die Fahrzeuge und die Haustechnik. Daneben hat Claudios Familie seit Jahren noch einige alteingesessene Italiener und immer wieder kommende Osteuropäer, die meisten aus Rumänien, als Gelegenheits- bzw. Saisonkräfte zur Olivenernte bzw. Feldarbeit beschäftigt.

Seine Familie hatte schon vor Jahren angefangen, Kochkurse und Ausflüge mit Pferden oder Mountain-Bikes selbst anzubieten oder vermittelt Ausflüge oder Sportmöglichkeiten bei befreundeten Anbietern. Eine zunehmende Zahl von Individualreisenden will die Möglichkeiten oder Lage hier an der Nordküste nutzen und sie konnten sich in den letzten Jahren über die Buchungen vom Frühjahr bis zum späten Herbst nicht beklagen.

In den letzten Monaten nach dem Tod seiner Eltern lag die Bewirtschaftung und natürlich auch der weitere Ausbau ziemlich brach, aber Claudio hat offensichtlich für die Zukunft noch viele Pläne. So will er einen größeren Steganteil im Yachthafen von Cefalú fest anmieten, um dann auch Bootseigner oder -mieter als Gäste gewinnen zu können, oder sogar selbst Motor- und Segelboote mit vermieten zu können. Außerdem gehört zu seinem Grund noch ein eigener schmaler Küstenstreifen mit einem alten Wachturm darauf. Aus oder an dem könnte man auch noch mehr machen, wenn der Denkmalschutz und die Gemeinde mitspielen sollten. Derzeit wären die Gespräche mit dem Bürgermeister dazu aber sehr kompliziert und langwierig. Claudio vermutet, dass es auch noch andere Interessenten oder konkurrierende Ideen gibt.

Maria hat heute frei und Claudio keine Lust zu kochen. Er hatte daher vorgeschlagen, abends nach Cefalú zu fahren und dort etwas essen zu gehen. Ich war geduscht, umgezogen, hatte eine weiße

Leinenhose, ein türkisfarbenes Hemd und einen weißen dünnen Schal aus der Tasche gekramt, meine rote Nase eingecremt, die schwarzen Flipflops aus dem letzten Italienurlaub angezogen - und mir Haarwachs in die Locken gestrichen - „Giacomo Schmieri" ist bereit für den Abend. Es ist nach relativ kurzer Dämmerung mittlerweile schon stockdunkel und der Bauernhof nur sehr diffus beleuchtet.

Mir fallen auf dem Weg nach oben zu Claudios Wohnung nun noch mehr als tagsüber der würzige Duft der Kräuter und die leisen Geräusche der verschiedenen Tiere aus der Landschaft erst richtig auf. Die letzten noch wachen Vögel zwitschern leise, dazu kommen zirpende Geräusche irgendwelcher Grillenarten.

Claudio kommt mir schon wieder über das ganze Gesicht grinsend entgegen. Wie immer italian-style gekleidet, ganz in schwarz, trotz der sommerlichen Temperaturen mit einem bunten dünnen Schal und natürlich einer Sonnenbrille in den Haaren und schwingt den Autoschlüssel: „Willst Du mal mit dem alten Landy fahren?". Ich entgegne lachend, „ne lass mal, ich bin hier im Urlaub und will gleich einen kühlen Vino bianco trinken."

Hat er sich wohl auch so gedacht, denn er schwingt sich schon hinters Lenkrad, während ich noch am Reden bin. Ich klettere wieder auf den Beifahrersitz, wobei ich beim Einsteigen überlege, ob das mit der weißen Hose wirklich so eine schlaue Idee von mir war.

Claudio dreht den Zündschlüssel, löst die vorhin bei der Rückkehr vom Wasser wieder angezogene Handbremse und lenkt den alten Serie III Landy nach links aus der Parkbucht auf den Weg. Er schaltet beim Rollen aufgrund der niedrigen Übersetzung schon in den 2. und kurz danach in den 3. Gang und wir schaukeln in die erste weite Kurve.

Ich weiß zwar nach den vorhergehenden Fahrten zur ersten Ankunft und danach zum und vom Strand, dass relativ kurz hinterher und bergab schon die nächste Kurve kommt – aber ich weiß auch, dass er eben Italiener ist. So wundert es mich nicht, dass er trotzdem weiter Gas gibt. Nebenbei greift er vom langen Schalthebel nach vorne und macht das Radio an, von dem man bei der Geschwindigkeit mangels Windgeräuschen sogar noch etwas hört.

Was ich eindeutig sehr laut und deutlich höre, ist kurz danach ein lautes „MERDA!" verbunden mit hektischen Pumpbewegungen von Claudios rechtem Oberschenkel.

Die Bewegung kenne ich von meiner alten österreichischen ehemaligen Feuerwehrkiste vor der Bremsüberholung. Er versucht Bremsdruck aufzubauen, was ihm aber eindeutig nicht gelingt. Er pumpt weiter mit dem rechten Fuß, greift mit der rechten Hand zum Schalthebel und versucht noch ein Zurückschalten vor der im trüben Scheinwerferlicht auftauchenden, viel engeren zweiten Kurve, die viel zu schnell näher kommt.

Obwohl er garantiert weiß, dass er dafür eigentlich bei dem Auto zu schnell ist, kuppelt er blitzschnell aus, schlägt den dritten Gang heraus, kuppelt wieder ein, gibt unmittelbar mit einem kräftigen Stoß bis ins Bodenblech mit dem rechten Fuß voll Zwischengas und reißt dann bei dazu wieder getretener Kupplung den Ganghebel dann hart nach links unten, um den 2. Gang wieder eingelegt zu bekommen.

Das Getriebe war zwar sicher einmal mehr oder weniger synchronisiert gewesen, aber das nur zu seinen besten Zeiten und nicht für diese Drehzahlabweichungen im Getriebe. Der Versuch scheitert unüberhörbar. Es gibt ohrenbetäubend kreischende und knirschende Geräusche aus dem Mitteltunnel, aber den 2. Gang bekommt er trotz allen Gezerres am Hebel eindeutig nicht rein.

Claudio macht das einzig Richtige, er schaltet direkt wieder in den 3. Gang und nimmt beide Hände an das Lenkrad. „Klaus, zieh die Handbremse!", ruft er noch, während er versucht, die auf dem besseren Feldweg wild bockende Kiste durch die enge Kurve zu zirkeln. Ich hatte schon kurz daran gedacht, aber wollte ihm nicht ins Handwerk pfuschen, zumal ich mich dann nicht mehr mit beiden Händen festklammern kann und mit meinem linken Arm seine Schaltversuche noch mehr behindert hätte. So hänge ich irgendwie schief im Auto, versuche mich mit der rechten Hand rechts am Türgriff festzuhalten und zerre mit links den Handbremshebel, der sich - für den Beifahrer echt blöd - bei diesem Typ eines Landrovers auf der Fahrerseite des Getriebetunnels befindet, heftig nach oben.

Damit erreichen wir zumindest, dass der Wagen bergab nicht weiter beschleunigt, aber dafür kaum mehr zu steuern ist - was aber egal ist, weil wir mit dem rechten Vorderrad bereits den Weg verlassen haben und die Kurvenböschung zu schnell aufwärts fahren. Zwar werden wir dadurch direkt langsamer, aber dabei heftig durchgeschüttelt, als wir über diverse Steine in der Böschung holpern. Durch das schräge Hochfahren dreht es mich zusammen mit den Stößen und der damit erreichten immer stärkeren Bremswirkung im Sitz. In der Folge schlägt meine rechte Schulter vorn ziemlich schmerz-haft im Armaturenbrett ein, während ich mit links immer noch so kräftig wie möglich am Handbremshebel zerre.

Ohne dass ich das direkt selbst noch groß registriere, kippt der Landy immer noch langsamer werdend, nach vorne oben die Böschung der Kurvenaußenseite erklimmend, fast in Zeitlupe seitlich nach links, rutscht dabei ab und schlägt auf der Fahrerseite wieder unten auf dem Weg auf. Ich stürze dabei vom Armaturenbrett schräg nach unten Richtung Fahrersitz. Unterbewusst habe ich glücklicherweise die Handbremse losgelassen, bevor ich mir selbst mit meinem Gewicht den Arm breche.

Ich lande mit meinem Oberkörper relativ weich auf Claudio, der dazu ein dumpfes „Hrmpffff" von sich gibt, während sich meine Beine irgendwo schräg vom Fahrersitz bis zum Beifahrerfußraum erstecken. Das ergibt insgesamt eine sehr unbequeme Lage zwischen den Schalthebeln für das Schaltgetriebe, die Untersetzung und den Allradantrieb.

Der Wagen kommt nach kurzer, von splitternden, quietschenden und reißenden Geräuschen begleiteter Rutschpartie auf der Fahrerseite quer zum Weg zur Ruhe. Durch die gesprungene Frontscheibe erkenne ich, wie es vor uns aus dem Motorraum dampft und nur noch einer der Scheinwerfer sein trauriges düsteres Licht alter Glühbirnen den Weg hinunter wirft. Einige Schrecksekunden brauche ich, um zu erkennen, dass das Auto sich weder weiter seitlich überschlägt, noch den Hang auf der anderen Seite des Weges hinunter rutscht.

Ich versuche mich von Claudio weg und nach oben zu bewegen, was mangels Handgriffen für diese Situation nicht leicht ist. Nach einigem Strampeln schaffe ich es, mit der rechten Hand die Lehne meines Sitzes, mit der linken die Ablage im Armaturenbrett zu greifen und mich nach oben zu ziehen und damit meine Beine von dem Schalthebelzentrum zu entfernen.

Claudio ist glücklicherweise nicht bewusstlos. Er ist auch nicht eingeklemmt oder handlungsunfähig, denn er schiebt dazu kräftig von unten meinen Allerwertesten nach oben. Klar, ich hätte bei meinem Gewicht auf mir auch keine Lust auf lange weitere Belastung damit.

Es gelingt mir irgendwie den Griffhebel an der Innenseite der Tür nach oben zu ziehen und die Tür aus dem Schloss zu drücken. Ich krabble weiter nach oben und stütze mich mit Knie und Fuß auf den Mitteltunnel ab. In dieser Hockstellung kann ich nun auch nacheinander meine Beine zum Abstützen auf dem Kardantunnel nutzen, mich langsam aufrichten und dabei die Beifahrertüre ganz öffnen.

So kann ich nun durch die in den Nachthimmel zeigende Beifahrertür auf die nach oben zeigende rechte Fahrzeugseite herausklettern. Kurz danach reich ich Claudio ins Fahrzeuginnere meine linke Hand, während meine andere immer noch die Tür offen hält. Er quält sich aus dem Fahrersitz, gibt mir dann auch eine Hand und steht erst mal im Auto auf.

Sein Kopf ragt in fast komischer Weise aus der Öffnung der Beifahrertür, während er dabei nun immer lauter und schneller italienische Wortsalven murmelt. „Porca Miseria" ist das einzige, was ich mir grob erschließen kann.

Eine große Sauerei ist das zwar, aber wir haben wohl großes Glück gehabt. Auch wenn wir diese

Kurve noch bekommen hätten, wäre bei zunehmendem Tempo die nächste dann auf keinen Fall mehr zu schaffen gewesen - und dann wären wir wohl den dort viel steileren Abhang hinunter gestürzt. Dies überlegend trete ich auf den vorderen rechten Kotflügel und halte Claudio die Türe auf. Der zieht sich stöhnend aus dem Auto und setzt sich auf den Türrahmen in die offene Tür, schwingt seine beiden Beine nach außen und lässt sich über das nun hochkant stehende Fahrzeugdach auf den Weg fallen. Er geht nach vorne zur immer noch etwas Dampf entlassenden Motorhaube und winkt mich zu sich. Wir blinzeln uns im Licht an und sehen, dass wir beide ziemlich zerschrammt und meine weißen Klamotten dreckig und auch etwas blutig sind. Nach einem kurzen persönlichen und gegenseitigen Check haben wir uns auf den ersten Blick aber glücklicherweise keine größeren Verletzungen zugezogen. Claudio flucht und klettert über die Seitenverkleidung der Ladefläche wieder auf die Beifahrerseite, wo er die Tür wieder aufzieht, die ich vorhin einfach ins Schloss fallen gelassen habe, als er ausgestiegen war. Er kramt kurz in der seitlichen Ablage und greift sich die dort abgelegte große schwarze Maglite-Taschenlampe. Wieder zurück geht er an die Fahrzeugunterseite und betrachtet diese kopfschüttelnd. „Ich habe keine Ahnung, wie das passieren konnte. Kompletten Bremsausfall hatte ich noch nie!"

Das hilft mir und uns hier und jetzt auch nicht weiter. Den Wagen aufstellen, geschweige denn den Schaden reparieren, können wir vor Ort ebenso wenig, wie ein anderes Auto nutzen, weil der Weg blockiert ist. Also müssen wir wohl oder übel wieder zurück gehen - was wir dann auch nach kurzer Zeit immer noch relativ mitgenommen machen.

Nach einer Dusche fühlen wir uns zwar besser, aber verstehen die Ursache des Unfalls immer noch nicht. Viele Diskussionen später gehen wir grübelnd nach einer Flasche kalten Biers und einer Ecke Chiabatta mit Prosciutto Crudo und etwas Käse ins Bett.

Am nächsten Morgen werde ich von lauten Rufen geweckt. Nach Wortschwall und Tonlage müssen sie eindeutig den Ursprung in einer italienischen Frau haben. Ich quäle mich mit schon wieder knurrendem Magen aus dem Bett und zur Tür, trete in die grelle Sonne blinzelnd ins Freie. Um die Ecke kommt eine ältere Frau mit einem Schritt angelaufen, der jeden Gipfelstürmer vor Neid erblassen lassen würde. Bei meinem Anblick stößt sie ein lautes „Madonna Mia!" aus, das von einem wahren Wortschwall gefolgt wird. Ich zucke verständnislos die Schultern, glücklicherweise kommt jetzt Claudio von oben herunter und winkt beschwichtigend. Er nimmt die Frau in den Arm und weist auf mich „Maria, questo e Klaus. Lui e´ Tedesco, non parla italiano." Dann versucht er ihr wohl auf italienisch zu erzählen, was gestern Abend passiert ist. Die Gestik von beiden dazu ist filmreif.

Jetzt habe ich Zeit, Claudio am Morgen im Licht zu betrachten. Angesichts seiner blauen Flecken selbst mitten im Gesicht, Blutresten an noch nicht ganz geschlossenen, tieferen Kratzern an seinem linken Oberarm, einer dicken blauen Beule auf der linken Seite seiner verschrammten Stirn, den sonstigen Blessuren und dem insgesamt ziemlich verknautschten Eindruck kann ich mir grob vorstellen, wie ich aussehe und welchen Eindruck ich auf Maria gemacht haben dürfte, als sie erst den quer liegenden Schrotthaufen und dann mich gesehen hatte.

Von unten ist die Pressluftfanfare eines LKW zu hören. Claudio unterbricht kurz den Redeschwall mit Maria. „Klaus, das muss Leonardo mit seinem Abschleppwagen sein. Ich habe ihn heute morgen in seiner Werkstatt angerufen und ihm von dem Unfall erzählt. Er wollte so schnell wie möglich kommen, damit der Weg wieder frei gemacht werden kann. Kannst Du mal nach unten gehen, ich komme gleich nach?"

Schnell klatsche ich mir in meinem Appartement ein paar Hände voll kalten Wasser ins Gesicht, danach ein frisches T-Shirt, Shorts und die stabilen roten Trecking-Schuhe mit dem zur Trockenheit passenden Namen „Wild Fire“ angezogen. Kurz danach gehe ich schnellen Schrittes an den beiden immer noch wild gestikulierenden und lauthals miteinander durcheinander Redenden vorbei, um den Weg hinunter zum Unfall-Landy zu laufen.

Im Tageslicht sehe ich schon direkt am Ausgang der ersten Kurve, wie viel Glück wir in der zweiten gehabt hatten. Die Reifenspur den Hang an der Kurvenaußenseite hinauf ist gut zu sehen, ebenso ihr plötzliches Ende. Der Landy liegt als jämmerlicher Haufen geschundenes Aluminiumblech auf der linken Seite mit dem Dach schräg bergab halb auf der Straße. Wäre der Wagen nicht umgestürzt und auf dem Weg zu liegen gekommen, wären wir entweder direkt aus der Kurve den Abhang hinunter gestürzt, oder - wie gestern schon vermutet - in die nächste Kurve mit noch höherem Tempo gefahren - und damit in ein noch größeres Schlamassel geraten.

Maria muss sich mit ihrem alten Lancia Y10 irgendwie daran vorbei gequetscht haben, weil das Auto stand eben oben vorm Haus, wie ich beim Herunterlaufen gesehen hatte.

Hinter dem vermutlichen Schrotthaufen steht ein älterer, in irgendwelchen ausgeblichenen Gelbtönen ergrauter Abschleppwagen mit Ladekran und geöffneten Türen. Zwischen diesem LKW und dem auf dem Weg liegenden Landrover taucht unvermittelt ein kleiner, dicker, braun gebrannter Italiener undefinierbaren Alters auf, der zur unvermeidlichen Bräune irgendwie noch dunkler aussieht. Er trägt schwarze Streifen im Gesicht fast wie eine Kriegsbemalung und ist an den Armen ebenso ölverschmiert, wie sein weit offen stehender, völlig verdreckter Blaumann, aus dem eine Pelzmatte verschwitzter, schwarzer Kraushaare quillt.

Er beginnt sofort ein zum Körperumfang passendes tief sonores, aber aufgeregtes italienisches Stakkato, dem ich mit abwehrend ausgestreckten Handflächen und gezuckten Schultern versuche, Einhalt zu gebieten. „Sorry, no parle italiano. Maybe english or deutsch?"

Empört richtet er seine gesammelten Zentimeter auf, reißt sich seine Kappe vom Kopf und stampft auf mich zu. Ich gehe vorsichtshalber einen Schritt zur Seite, als er tief einatmet und Luft in seine dicken, schwarz öligen Wangen bläst, was ihn zusammen mit seinen weißen Augen fast wie Louis Armstrong zu seinen besten Trompeterzeiten aussehen lässt. „Where is Claudio - all bene? What habbens?" fragt er in einem Kauderwelsch, das ich immerhin besser verstehe als die italienischen Wortsalven vorher.

Ich versuche ihn zu beruhigen, zu erklären, dass Claudio noch oben ist, was ihn kaum zu beruhigen scheint, er wiederholt energisch „what habbens, eh?!?".

Wie erklärt man einen Unfall mit Gesten? - Durch Lenkbewegungen und pumpendes Treten mit dem rechten Bein mit den Worten „Brakes doesn´t work, brakes kaputt" drehe ich mich dabei nach rechts zur Seite, um auf die Spur zu zeigen, die den

Kurvenhang hinauf führt, um dann theatralisch durch die Drehung zurück mit halbkreisförmig geschwungenen Armen anzuzeigen, wie wir umgestürzt sind.

Als ich ihn danach wieder ansehe habe ich Angst, dass er mich entweder anfällt oder platzt - so rot ist sein Kopf angelaufen und so sehr malt sein Kiefer während er meinen Arm schraubstockartig umfasst. „Brakes no kaputt - impossibile! I make riparazione! Tutto bene!" Wild schüttelt er den Kopf und verfällt wieder in überfallartiges Italienisch.

„Leonardo – non uccidere i tedeschi!“ ruft da von hinten Claudio, der endlich den Weg herab gelaufen kommt. Sofort spiele ich für den tobenden Mechaniker keine Rolle mehr. Der lässt meinen Arm los, schiebt mich kommentarlos zur Seite und wartet mit in die Seiten gestemmten Armen, deren Oberarme fast den Umfang meiner Oberschenkel haben, auf den heran eilenden Claudio, der ihn trotz der Schmiere heftig umarmt.

Und wieder beginnt ein italienischer Wortschwall von Claudio, der immer wieder von Leonardos „no - impossibile!" unterbrochen wird. Beide umkreisen dazu mehrfach das Auto, aber wirken nicht so, als hätten sie eine Konsens oder eine Lösung gefunden. Ich sehe mir das eine ganze Zeit an, bis ich die Geduld verliere: „Claudio wollen wir nicht einfach versuchen, den Wagen erst mal aufzustellen, um den Weg frei zu bekommen?"

Nach kurzer Diskussion haben wir uns immerhin darauf geeinigt, dass es gleich mehrere Lösungsideen, aber alle mit Problemen gibt. Der Abschleppwagen kann nicht an dem liegenden, fast wie ein gestrandetes Wrack wirkenden, Stahl-Aluminium-Haufen vorbei fahren, um diesen von oben mit der Seilwinde wieder auf die Räder zu stellen. Der Weg nach oben endet in einer Sackgasse, die Unfallstelle kann also auch nicht umfahren werden. Es gibt auch keine Möglichkeit, mit der Winde von unten, über eine oberhalb des Unfallfahrzeugs angebrachte Umlenkrolle das Fahrzeug aufzurichten, weil der für diese Art des Seilzugs nötige Festpunkt oberhalb der Unfallstelle fehlt.

Der typisch deutsche Versuch, aus Debatten Taten zu machen, gelingt nach einigen weiteren Ideen und erstaunlich schnell entwerfen wir zu dritt in einem Durcheinander aus Gesten, italienischen, deutschen und englischen Wortfetzen einen Plan, wie wir das Aufrichten in der Lage an der Stelle mit den vorhandenen Mitteln einigermaßen sicher hinbekommen könnten.

Wir beschließen, das Aufrichten direkt mit dem leider nicht sehr groß dimensionierten, direkt hinter dem verbeulten LKW-Führerhaus montierten, alten Fassi-Ladekran zu versuchen. Dazu muss Leonardo versuchen, seinen Berge-LKW möglichst nahe an den liegenden Landy zu fahren, um so eng wie möglich, am besten direkt neben dem LKW, heben zu können, also bei dann geringerer nötiger Reichweite eine größere Hubkraft zur Verfügung zu haben.

Claudio erklärt mir, wo ich oben am Haus eine Schaufel oder einen Spaten finden kann. Ich sprinte hoch und finde beides tatsächlich ungefähr wie beschrieben. Als ich kurz danach zurück bin, haben die beiden schon hinten und vorn an der am Boden liegenden Seite, um die Achsen Schlingen aus Anschlaggurten befestigt, die dann in den Kran eingehakt werden sollen. Außerdem hat Leonardo noch ein langes Seil um die Aufhängung der Stoßstange vorn rechts gezogen. Wenn er den Landy langsam an der Fahrseite anhebt, sollen Claudio und ich daran Richtung Hang und das Fahrzeug damit auf die Räder ziehen, damit beim weiteren Anheben der Wagen nicht in die andere Richtung aufs Dach kippen kann.

Ich klettere auf die Beifahrerseite, die in den blauen Himmel ragt und prüfe, ob die Handbremse noch angezogen ist, während Claudio ein paar Steine aus dem Hang gräbt, um diese unter die Räder zu lagen, damit uns der Wagen nicht direkt wieder davon rollt. Leonardo stellt den LKW passend und hilft uns danach vor allem durch lautstarkes Fluchen und Schwitzen.

Als alles wie besprochen erledigt ist und die Seile sauber angeschlagen sind, startet Leonardo den alten LKW und rangiert ihn unmittelbar neben den liegenden Landrover. Dann stellt er sich an das für mich undurchschaubare, völlig unbeschriftete, dafür total verbogene Hebeldurcheinanders des Fassi-Kranes, schwenkt den Kran aus seiner Halterung und positioniert ihn über dem Unfallauto. Das Einhängen der beiden Hebegurte ist einfach. Claudio und ich greifen uns das Zugseil und gehen damit die Böschung hoch. Ausreichend weit entfernt, stemmen wir uns in den Boden und bringen das Seil auf Spannung. Leonardo beginnt den Landrover an der Fahrer- bzw. Dachseite ganz langsam anzuheben.

Mit einem Quietschen, Ächzen und Knirschen sowie klirrend herausbrechenden Resten der zweiteiligen Frontscheibe fällt schon kurz danach der englische Jagdwagen auf seine vier Räder zurück. Er schüttelt sich dort schaukelnd in den Federn hin und her, aber er bleibt in einer Staubwolke tatsächlich stehen. Kaum ist das geschehen, stürmt Leonardo das Auto, klettert auf den Fahrersitz und tritt kräftig auf die Bremse - und das mehrfach und bis zum Bodenblech. Er wischt sich mit seinem schwarz bepelzten Arm den Schweiß aus dem Gesicht und wirkt irgendwie ziemlich ratlos, während er langsamer werdend immer noch das Bremspedal malträtiert.

Claudio redet wild auf ihn ein und zerrt ihn dann fast aus dem Wagen. Da das ganze von eindeutigen Handbewegungen begleitet ist, verstehe sogar ich trotz sizilianischer Schnellsprache was er will. Leonardo soll den Landrover auf den LKW laden. Während ich die Anschlaggurte und Schäkel löse, dann direkt wieder am LKW dort verstaue, wo

Leonardo sie vorhin entnommen hatte, verschwindet dieser fluchend hinter dem Führerhaus, geht zum Bedienstand des Ladekrans und schwenkt diesen zurück.

Kaum hat er den Kran hinter der Kabine zusammengefaltet in seiner Auflage abgelegt, schwingt er sich weiter fluchend in den LKW und drischt den Rückwärtsgang knarzend ins Getriebe. Danach fährt er in einer immer größeren Staubwolke schneller rückwärts, als ich jemals mit im Auto sitzen möchte, bremst vor den Kurven nur kurz ab und stößt einige hundert Meter weiter unten rückwärts nach rechts in eine fast rechtwinklige enge schräge Einfahrt zum benachbarten ehemaligen Feld, die damit eigentlich für Traktoren sein dürfte. Das Führerhaus des LKW schüttelt sich jeweils unwillig, als er mit erneuten hässlichen Getriebegeräuschen wendet, indem er nach vorn und direkt stark nach links einschlagend wieder aus der Einfahrt fährt. Kaum steht er wieder auf dem Weg, bremst er in einer Staubwolke, um direkt danach wieder rückwärts fast genauso schnell zu uns hoch zu stechen und den LKW mit blockierenden Reifen kurz vor uns schaukelnd zum Stehen zu bringen.

Wenig später hat er den Landrover mit der Seilwinde auf seine dazu schräg nach hinten unten gefahrene Abschlepp-Plattform gezogen und darauf mit wenig vertrauenswürdig aussehenden, alten schmierigen Spanngurten gesichert. Er winkt uns nur kurz aus dem offenen Fenster zu und fährt direkt mit missmutigem Gesicht in seine Werkstatt. Dort will er sich sofort ansehen, was die Ursache des Bremsversagens sein könnte und ob man den Wagen wieder reparieren kann.

Ich schaufle mit Claudio die losen Steine und Erdklumpen vom Weg. Nach dem Frühstück kehren wir später noch die Blech- und Glasteile zusammen und füllen dabei gleich noch ein paar Schlaglöcher auf.

Claudio und Leonardo haben sich für den Abend in einem Restaurant am Meer direkt unterhalb der Altstadt verabredet. Den Tag haben wir damit verbracht, diverse Cafe´s – in Deutschland eher als Espresso bekannt - zu uns zu nehmen, dazu Gebäck von Maria zu knabbern und uns zu überlegen, wie viel Glück wir hatten und wie das passieren konnte.

Wir sind wieder mit dem neueren kurzen Defender in die Stadt gefahren. Claudio war wohl nach dem Schock von gestern Abend der alte 109er SII zu unsicher. Außerdem lässt sich der „Ninety" natürlich leichter in der Stadt irgendwo in eine Ecke oder Lücke parken, als das im Verhältnis dazu völlig unbewegliche alte Schlachtschiff ohne Servolenkung.

Claudio hat natürlich einen passenden Parkplatz ausgewählt, typisch italienisch, direkt neben der Straße, einfach von der Straße weg und schräg die Böschung hinauf. Der Parkplatz hat den Vorteil, dass außer so einem Wagen kein anderer dort parken kann und er daher auch im Gegensatz zu allen anderen irgendwie beparkbaren Flecken noch frei war. Offensichtlich hat er im Gegensatz zum Tedesco auf dem Beifahrersitz auch keine Bedenken, dass die Polizia Stradale oder selbige Municipale oder die Carabinieri, oder die Guardia di Financa, oder der italienische Automobilclub, oder wer auch immer sonst noch in Frage käme, ihm das Fahrzeug dort abschleppen zu lassen. Herrliches Italien!

Die Lage der Osteria ein paar hundert Meter weiter ist ein Traum. Sie befindet sich in einem trutzigen Altbau aus grob verputzten Felsgestein, unmittelbar oberhalb der felsigen Küste und hat Tische zum Meer mit einem gigantischen Ausblick, auch wenn jetzt die Dämmerung schon eingesetzt hat. Leonardo sitzt schon mit einem halb gefüllten Weinglas in der Hand am Tisch. Selbiger ist bereits mit einer großen Karaffe Weißwein, auf deren kalter Oberfläche Wassertropfen perlen, einer ebensolchen mit Wasser und diversen kleinen Knabbereien appetitlich beladen.

Leonardo hat eine Miene aufgesetzt, die nichts Gutes verheißt. Beim Näherkommen sieht er zwar grob gereinigt aus, aber auf einem Nasenflügel, in den tiefen Rillen seiner Finger und natürlich unter den Fingernägeln ließe sich vermutlich genug Öl und Fett gewinnen, um eine vor Trockenheit quietschende Fahrradkette wieder zur Geräuschlosigkeit geschmiert zu bekommen.

Leonardo fuchtelt im Sitzen mit ausgestrecktem Zeigefinger vor uns herum, noch bevor wir die Stühle in die Hand genommen haben, um uns auch zu setzen. „Porca Miseria!", verstehe ich noch, danach geht wieder alles in einem Wortschwall unter. Claudio scheint nur massiv irgendetwas heftig abzustreiten. Claudio unterbricht Leonardo im Diskussionsschwall und meint zu mir, „hast Du etwas dagegen, wenn ich für alle das Essen bestelle?" Ich schüttle den Kopf, will aber nach seiner Bestellung beim ganz typisch schwarz behosten und weiß behemdeten Kellner wissen, was denn nun schon wieder los ist.

„Sag mal", frag ich ihn, „hat Leonardo eine Ursache für das Bremsversagen gefunden?". Claudio nickt und guckt betreten auf den Tisch. „Klaus, als wir die letzten Tage mit dem Auto gefahren sind, gab es nie Probleme mit den Bremsen, oder?" Er übersetzt das direkt Leonardo wieder ins Italienische.

Dieser guckt mich an und poltert los „Allora, no problemas with´ äh brakes´ äh?". Ich schüttle den Kopf und muss über die Aussprache fast lachen, „No, not even around the Ätna". „Have you´ äh or Claudio done´ äh anything with the brakes´ äh or at the macchina bevor you left´äh the parking place´ äh at the agriturismo?"

Claudio und ich schütteln beide den Kopf. Im Gegensatz zu mir faucht er aber zusätzlich Leonardo auf italienisch an, weil er ihm das wohl vorhin schon erklärt hatte. Ich frage mich auch, was die Frage soll. Leonardo zieht die Schultern hoch, nimmt einen tiefen Schluck Wein und erklärt, „Than Claudio has a äh bigger problema than a broken Landrover." - Noch einen Schluck Wein hinterher gekippt, dann kommt die Erläuterung, „Allora! - Brakes did not work´äh, un altro stupido must made´ äh a mistake´ äh...".

Claudio unterbricht ihn, „Leonardo meinte vorhin, da es die Bremsen vorher getan hätten, er einen recht neuen Schaden festgestellt hat, der nicht vom Unfall kommen kann, ich oder Du hätten an der Bremse gebastelt, weil die Verschraubung der Bremsleitungen am Hauptbremszylinder lose war. Leonardo hatte den aber erst letztens repariert - und die letzten Wochen hat es funktioniert. Wenn wir das aber nicht waren, muss das jemand anders gewesen sein."

Ich erinnere mich, dass das Praktische am Landrover Serie II und III ist, dass der Hauptbremszylinder gut zugänglich unter der Motorhaube liegt. Ich hake nach, „sicher, dass nicht einfach die Verschraubung aufgegangen ist, oder eine Bremsleitung einen Riss bekommen hat, ist ja nicht mehr der Jüngste gewesen...?" Leonardo schüttelt nach der Übersetzung den Kopf und Claudio gibt seine Antwort direkt in deutscher Übersetzung weiter, „nein, die Schrauben waren definitiv lose, als hätte man sie gar nicht angezogen. Das müsste man merken, wenn sie sich langsam lösen, weil der Bremsdruck dann nachlässt und man beim Bremsen pumpen muss."

Ungläubig blicke ich von einem zum anderen. Es war ja außer uns kaum einer in den Gebäuden gewesen. „Und nun? Das klingt ja eher wie ein Mordversuch, als wie ein Dumme-Jungen-Streich. Gehst Du zur Polizei?" frage ich Claudio. Der winkt ab, „das wird schwierig zu beweisen, Leonardo hat die Reparaturen ja für mich als Freund gegen ein Trinkgeld gemacht, sagt man bei Euch nicht nero - also schwarz? Das kostet ihn unter Umständen eine fette Strafe und bewiesen haben wir immer noch nichts."

Tolle Aussichten für einen weiteren entspannten Urlaub entwickeln sich direkt vor meinen Augen. Pendelnd zwischen Gerichtsgebäuden, Steuerfahndung und der Polizei...

Mein Gesicht scheint dies deutlich wiederzugeben. Claudio stößt sein Weinglas an meins und sagt irgendwie aufmunternd, „jetzt essen wir erst mal", obwohl mir eigentlich gerade gar nicht danach ist. Das gibt sich aber glücklicherweise sofort wieder, als ich mir den Tisch näher ansehe.

Mitten in unserer Diskussion hatte der Kellner die Antipasti und Brot sowie eine Kanne mit Olivenöl aufgetischt. Es gibt Fritura Mista, also herrlich cross frittiertes frisches Gemüse, gebratene Zucchini, natürlich verschiedene Olivenarten, anscheinend frisch angerichteten Meeresfrüchtesalat und gebackene Sardinen jeweils mit Petersilie und Zitronenscheiben garniert. Daneben steht die unvermeidliche sizilianische Caponata, die es in zig Varianten gibt, aber hier, wie man noch gut erkennen kann, mindestens aus Auberginen, Tomaten, Paprika, Zwiebeln, Kapern, Knoblauch, Oliven und Pinienkernen besteht. Claudio nimmt dazu die Kanne Olivenöl und gießt das Öl gekonnt in dünnem Bogen über die Speisen.

Danach hört man außer Kau- und Schluckgeräuschen länger nichts mehr – und unsere Mienen entspannen sich mit zunehmend gefüllten Bäuchen und immer wieder neu geleerten Gläsern.

Primo

Beim Umdrehen im Bett sticht mir schon wieder unerwartet grell das Tageslicht durch einen Spalt zwischen den etwas klapprigen Fensterläden in die noch geschlossenen Augen - und ich öffne selbige blinzelnd. Staunend stelle ich fest, dass ich vom Vorabend trotz der etlichen Gläser des örtlichen Catarratto-Bianco-Hausweins keinen dicken Schädel habe. Aus dem Haus sind klappernde Geschirrgeräusche zu vernehmen, die ich als Eindecken des Frühstückstisches deute.

Mir fällt wieder ein, dass wir heute ins Landesinnere fahren wollten, um das von meinem

Heimat-Italiener empfohlene Weingut Regaleali von Tasca Conte d'Almerita zu besuchen. Also schäle ich mich schnell aus den Federn, die hier nur aus einem dünnen weißen Leinenlaken und einem dünnen Kopfkissen bestehen und begebe mich nach einer kurzen Dusche zur Küche.

Nach einem typisch italienischen, also sehr knappen Frühstück aus Cappuccino und etwas Gebäck brechen wir, natürlich beide sonnenbebrillt, wieder mit dem 90er Defender auf. Auf der Fahrt diskutieren wir den vorherigen Abend und Claudio hat nun auch die Zeit, mir die ganze Debatte mit Leonardo nochmal zu erklären. Dieser bestreitet nach wie vor hartnäckig, dass der Schaden nach seiner Fahrzeugüberholung so hätte auftreten können.

Es bleibt daher nach unserer übereinstimmenden Meinung dabei, bei den fest stehenden Fakten müssen wir wohl eher von einer mutwilligen Sabotage, als von einem normalen Defekt ausgehen.

Wir fahren zuerst über einigermaßen gut ausgebaute, später immer kleinere und schlechtere Straßen stundenlang ins Landesinnere. Dabei sehen wir wieder die schon bekannten brennenden oder schon länger abgebrannten Felder in allen Abbrand-Zuständen, mit und ohne „Aufsicht". Also unmittelbar begleitet von daneben oder darin befindlichen Landwirten mit ihren Traktoren, entweder mit einem brennenden Strohhaufen im

Schlepp oder mit einem Pflug, um eine Schneise anzulegen, oder bereits dabei, die Asche um- und einzupflügen. Wieder bin ich als Deutscher vom Leichtsinn - die Italiener würden natürlich eher sagen, von der Leichtigkeit des Seins - beeindruckt.

Schaukelnd biegen wir nach vielen Kilometern auf Nebenstraßen dann über einen Hauptfeldweg mit einer Spitzkehre letztlich auf einen Nebenfeldweg ein. In der Sonne vor uns erstrahlt das schöne alte Haupthaus des Tenuta Regaleali, einem von mehreren Weingütern von Tasca Conti dÁlmarita. Claudio parkt den Landy in einer der wenigen leeren Parkbuchten rechts neben der Kieszufahrt zum Haupttor.

Wir schälen uns aus der Blechbüchse und räkeln bzw. schütteln beide erst mal alle Knochen, Muskeln und verrenkten Sehnen zurecht. Dann gehen wir durch das eindrucksvolle Tor in den großen Innenhof und ich blicke staunend auf eine völlig andere Welt. Während vorn und zur Seite die Altbauten dominieren, öffnet sich nach hinten die moderne Welt fast industrialisiert wirkender heutiger Landwirtschaft mit moderner Weinherstellung. Große neue Lagerhallen im typischen Industriebaustil beherbergen auf den ersten Blick vor allem blitzende Edelstahltanks in verschiedenen Größen und viele Leitungen. Claudio fällt natürlich auf, wie ich erstaunt immer wieder von alt zu neu blicke und erklärt „Du glaubst doch nicht wirklich, dass wir in Italien den Ausstoß, den die professionellen Weingüter von uns in die ganze Welt verkaufen, noch mit Eselfuhrwerken und Handpressen in Holzfässern erzeugen?"

Ein unverschämt gut aussehender, braun gebrannter, junger Herr des Typs „moderner Giacomo Casanova" kommt uns federnden Schrittes entgegen und fragt uns freundlich lächelnd und in fließendem Deutsch, ob wir die Kunden aus Deutschland wären. Ich bejahe das und ziehe für die Details den Ausdruck der Ankündigungsmail von Gustavo aus der Hosentasche, der uns schon vor Wochen auf italienisch beim „Chefe'" des Gutes angekündigt hatte.

Wir werden direkt in einen Flügel des wunderschönen alten Hauses - besser schlossartigen Gutshofes – gebeten. Wir betreten es über eine - trotz der Hitze draußen innen unerwartet kühlen - große Eingangshalle und erhalten im rechts angrenzenden Zimmer, einer holzgetäfelten Bibliothek mit vielen Ölgemälden, alten Fotos, Zeichnungen und Bänden rund um das Gut und den Wein auf silbernen Platten in hohen Gläsern den Aperitivo.

Der besteht zunächst zu knusprigen Teigfladen mit etwas frittiertem Gemüse (noch leckerer wie am Vortag) und dem hauseigenen Schaumwein „Almerita brut". Der schmeckt wie Champagner, darf aber natürlich nicht so heißen, weil er zwar ebenfalls traditionell im Flaschengärungsverfahren hergestellt wird, aber schlicht aus der falschen Gegend kommt. Sizilien ist halt nicht die Champagne.

Direkt danach gibt es die schon von Gustavo versprochene und sehr interessante Führung durch das Weingut sowie viele weitere Informationen zu Land, Leuten, Geschichte des Landgutes, der Besitzer und den Weinen daraus. Auch hier wird mir wieder die Technik der Aschedüngung erklärt, als ich nach den schwarz verbrannten Streifen auf den Feldern der Umgebung frage.

Nach fast zwei Stunden Rundgang quer durch die Produktion mit vielen interessanten Details geht es wieder zurück ins kühle Haus und wir erhalten ein „kleines" Essen. Das besteht hier „nur" aus einer frisch gemachten Pasta, eine Art Penne Rigate, also geriffelten hohlen Nudelstücken, mit einer unglaublich aromatischen, lang eingekochten Tomaten-Zwiebel-Soße mit geraspeltem Parmesan und halbierten frischen Cocktailtomaten und aromatischen Basilikumblättern besteht. Dazu wird der hauseigene Nero dÁvola-Rotwein gereicht, der hervorragend dazu passt. Kein Wunder, wie uns unser Gastgeber erklärt, ist der ja auch reichlich in der Soße.

Als Abschluss gibt es noch kleine Stücke von verschiedenen landestypischen Käsesorten und einen Wein, dessen Name „Rosso del Conte" wie auch sein Geschmack hervorragend zu unserer Stimmung, zum besichtigten Weingut - und zum

Käse - passt. Da interessiert es uns nur am Rande, dass dieser Wein dann gar nicht von diesem Standort, sondern von einem anderen derer von Tasca stammt.

Froh, dass ich nicht zurück fahren muss, weil Claudio mir versprochen hatte, er würde den Urlauber chauffieren, damit der sich auf wichtigere Dinge konzentrieren kann, gelingt es mir tatsächlich, trotz der Rappelei zuerst auf den Feldwegen und dann auf den Straßen, die meiste Zeit des Rückwegs zu verschlafen. Dabei ist mir sicherlich auch ein gerolltes Handtuch behilflich, um meinen nach dem leckeren Essen und dem Wein etwas schweren Kopf an der nackten Blech-B-Säule doch gepolstert ablegen zu können.

Ich wache vom lauten Fluchen Claudios auf. Wir sind der Sonne nach am späten Nachmittag und bei der wiedererkannten Umgebung nahe am Ausgangspunkt. Ich erkenne den Zufahrtsweg von der Staatstraße zum Haus sowie die weiten Hangflächen unterhalb.

Allerdings ist der Weg nur schemenhaft zu erkennen, weil die Sicht von Rauchschwaden eingetrübt ist. Der Rauch zieht aus einem zu Beginn des Weges seitlich nach rechts und damit nach Nordosten verlaufenden Tal heraus und verstreut sich nach Nordwesten den Hang zu Claudios Agriturismo-Hof hinauf. Am Grund dieses Tales ist ein Feldweg mit Fahrspuren in einem flachen und trockenen Bachbett zu erkennen. Mit dem leichten, Wind aus Osten wird der Rauch aus dem Tal getrieben. Dabei sind in einigen hundert Metern Entfernung auch schon erste Flammen zu sehen. Die finden natürlich in der trockenen, glücklicherweise hier nicht so dichten Vegetation gute Nahrung. Die dünnen Gräser und ein paar Büsche brennen jeweils wie Zunder ab, sobald die Flammen sie einmal erreicht haben.

Ich kann weder im Tal, noch auf den alten Feldern unter dem Gut eine „Aufsicht" mit einem Traktor erkennen, der mal schnell eine Wundstreifen legen könnte, damit sich das Feuer nicht weiter den guten Kilometer den Hang hinauf zum Wohnhaus fressen kann.

Mit etwas Verzögerung und „Sand in den Augen" bemerke ich, dass wir ein Problem bekommen werden – wenn wir es nicht schon haben.

„Claudio", rufe ich ihm zu, „ruf sofort die Feuerwehr". Er blickt etwas fragend, ich ergänze daher, „das wird schnell zum großen Problem, wenn das Feuer den Hang hinauf immer schneller läuft. Das bekommen wir so leicht nicht in den Griff, oder hast Du selbst ein Löschfahrzeug oder einen fahrbaren Tank?"

Er guckt mich nur kurz an, greift zum Mobiltelefon, wählt die für Italien gültige Notrufnummer für die Feuerwehr 115 und rattert auf italienisch los, während er weiter den Weg hinauf durch immer dichtere Rauchschwaden fährt.

Fast oben an der Remise angekommen ist er offensichtlich mit der Ortsbeschreibung für die Feuerwehr fertig und sagt mir auf meine vor Minuten gestellte Frage, „Ja, ich hab einen Tankanhänger für den Traktor, der steht aber gerade leer in der Halle – ich weiß auch nicht, ob es die Pumpe tut."

„Hast Du für den Traktor denn auch einen passenden Pflug oder wenigstens eine Egge?" frage ich ihn. Er antwortet direkt: „Ja, ich habe auch eine Bodenfräse, beides hinten in der Halle, aber was willst Du damit? Was ist eine Egge?" „Wir können damit quer über den Hang einen Wundstreifen ziehen, um das Feuer aufzuhalte., Eine Egge ist ungefähr ein mehrfach versetzter großer Rechen, um umgepflügte Erdbrocken zu zerkleinern und wieder eine ebene Fläche zu erhalten. Wenn die Egge stabil genug ist, kann man auch eine Grasnarbe aufreissen“ antworte ich ihm schnell.

Wir kommen oben an, springen direkt aus dem von Claudio quietschend gestoppten Landy, laufen hinüber zum Maschinenunterstand. „Komm wir nehmen den Pflug, der steht eh vor der Fräse", ruft er mir zu, während er auf den Traktorsitz klettert und den am Lenkrad hängenden Zündschlüssel einsteckt und zum Vorglühen etwas dreht, „hoffentlich springt er an, ich hab ihn schon länger nicht mehr benutzt.“ - Er dreht den Schlüssel ganz durch.

Heiser krächzend dreht der Anlasser zuerst langsam, dann schneller - dann springt der Diesel des verstaubten, ehemals weißen, nun dreckig-verbeulten und mit festgebackenen Lagen Staub tapezierten Traktors unwillig mit erst trockenem Husten an, das nach mehreren Umdrehungen in ein unregelmäßiges Rattern und erst nach ein paar Gedenksekunden mit vorsichtigem Gasgeben zunehmend regelmäßiges Dieselnageln übergeht.

„Whow", denke ich mir, die Italiener fahren sogar als Traktor einen Sportwagen, als ich die Reste eines Aufklebers auf der Motorhaube mit den verbliebenen Buchstaben „ a borg i i" unschwer anhand der ausgeblichenen Farbe um die ehemaligen Buchstaben als Lamborghini entziffern kann. Die Typbezeichnung „Grand Prix" passt dazu wie Claudio zum Boxenstop bzw. Anbauen des alten einfachen Dreischarpfluges fährt. Ich helfe ihm beim Ankuppeln des Pflugs an den Kraftheber im Heck des Traktors und er winkt mir, neben ihn auf den linken Kotflügel zu klettern. Die eine Hand am Lenkknauf, die andere an den Schalthebeln von Getriebe und Hydraulik, zirkelt er Traktor und Anbaupflug aus der Halle. Wie er sich so an den Fahrzeugen bzw. Geräten darin, davor bzw. daneben vorbei schlängelt zeigt mir, dass er erstaunlich geübt darin ist. Wir rattern wieder dahin zurück, wo wir gerade hergekommen sind.

Die Rauchwolke scheint noch dichter geworden zu sein. Ich greife an Claudios Oberarm und deute ihm dann an, stehen zu bleiben. Mit blockierenden

Rädern kommt der Traktor zum abrupten Halt und ich verliere meinen selbigen auf dem Notsitz über dem linken Hinterrad fast. Ich ziehe mich an seinem Oberarm das Stück über den Kotflügel zurück, das ich nach vorne gerutscht bin. Anschließend richte ich mich soweit möglich auf, um vom Weg wenigstens einmal grob die Lage zu prüfen, bevor es etwa zu gefährlich wird, oder gar nur blanker Aktionismus droht.

Wir stehen deutlich unterhalb der Stelle, wo wir vor Ewigkeiten - erst vorgestern? - den Unfall mit dem alten Landrover hatten und damit schräg oberhalb des Tales, aus dem der Rauch und nun auch schon größere Flammen zu sehen sind. Glücklicherweise weht weiter nur wenig Wind. Das verhindert zusammen mit der eher spärlichen Vegetation die schnelle Ausbreitung. Es bleibt aber das Problem mit dem Hang, über den sich aufwärts das Feuer immer schneller als in der Ebene ausbreiten wird, wenn das Feuer den Hang einmal erreicht hat. Käme dann noch ein auffrischender Wind hinzu, wird das sehr schnell zum großen Problem. Das Gut mit seinen Gebäuden liegt schräg oberhalb und hinter uns nur einige hundert Meter hangaufwärts. Es wird von der über den Hang nach oben verlaufenden Zufahrtsstraße von der potentiell vom Feuer direkt bedrohten Fläche getrennt. Auf der Seite direkt zum Hang - und damit in potentieller direkter Gefahr - befinden sich aber der Carport und auch die Maschinenhalle dahinter.

Ich halte wenig davon, zu nah am Feuer zu versuchen, dieses zu stoppen, weil ich auch nicht einschätzen kann, wie schnell der alte „Sporttraktor" den Pflug trotz Allradantrieb aber mit vermutlich nicht allzu berauschender Motorleistung durch das eher grobsteinige und hügelige Gelände mit unterschiedlichstem, aber immer stark verwilderten Bewuchs ziehen kann. Auf der anderen Seite der Zufahrtsstraße ist es eher felsiger und das Feuer müsste da erst noch über den Weg laufen.

Ich versuche dies schnell Claudio zu erklären. Meine Absicht ist, ihn mit dem Traktor möglichst schnell zunächst eine Pfluglinie einige hundert Meter am Hang oberhalb des Tales nach Osten quer zu einer Felsengruppe ziehen zu lassen - und das dann mehrere Male hin und her zu wiederholen - und das so lange, bis das Feuer uns eventuell doch vor der Feuerwehr erreicht, oder die hoffentlich bald kommende Feuerwehr das Feuer gelöscht hat.

Er nickt und fährt dabei schon mit schwankendem, da natürlich noch angehobenen Pflug, langsam und schräg von der Zufahrtsstraße über einen kleinen Regenablauf seitlich in die verdorrte Wiese, während ich noch vom Sitz klettere. Ich springe vom letzten Tritt des Traktors direkt auf den Weg. Claudio winkt mir nochmal zu, senkt den Pflug in den Boden und gibt dem Lamborghini die Sporen. Der alte Diesel ändert sein Geräusch vom langsamen Nageln zu fauchendem Grollen, die grobstolligen Traktorreifen graben sich in die trockene Krume ein und der Pflug beißt sich in den steinigen Boden.

Es funktioniert, vermutlich auch, weil Claudio mitdenkt und den Pflug nicht ganz absenkt, sondern nur soweit, dass sich die umgepflügten Streifen gerade überdecken. Er schafft damit auch eine etwas höhere Geschwindigkeit und mit einer Fahrt nach grober Schätzung mit seinen drei Pflugscharen einen ungefähr einen guten Meter breiten Wundstreifen in der völlig ausgetrockneten Wiese mit einzelnen Büschen oder kleineren Bäumen. Das ist besser als nichts, muss aber in jedem Fall noch verbreitert werden, um hangaufwärts wirklich sicher zu sein. Ich drehe mich um und laufe zu Fuß den Weg weiter hinunter, um auf die Feuerwehr zu warten, die nach Claudios Worten jetzt dann doch bald kommen müsste - sofern sie nicht schon woanders tätig wären.

Kaum keuchend unten an der Hauptstraße angekommen höre ich in der Ferne tatsächlich bereits irgendein Sondersignal. Ich hoffe schwer, dass es nicht ein Wagen der Carabinieri, Polizia Stradale oder Communale, Guardia di Finanza, Ambulancia oder von wem auch sonst, sondern wirklich die erwartete Vigili del Fuoco, also die italienische Feuerwehr ist.

Nach kurzer Zeit kommt tatsächlich ein Löschfahrzeug mit Blaulicht und laufender Fanfare neben meinen winkenden Armen zum Halt. Leider hat es offensichtlich ein Straßenfahrgestell und ist damit eher zur Gebäudebrandbekämpfung, als für den Einsatz in Feld, Wald und Wiese geeignet. Der Fahrer könnte dem niederbayerischen Bauernbildband wohlbeleibter Großgrundbesitzer entsprungen sein, der Rest der Mannschaft ist zumindest auf den ersten Blick figürlich eindeutig beweglicher, wenn auch nur insgesamt vier Mann stark.

Der Beifahrer, aufgrund der bestimmten Anrede an mich offensichtlich auch in Italien der Fahrzeugführer, ergießt einen Redeschwall über mich, von dem ich natürlich überhaupt nichts verstehe.

Ich zeige mit den Händen auf das Tal, woraus das Feuer zu kommen scheint, den Traktor der ein paar hundert Meter über uns am Hang mittlerweile auf dem Rückweg seine zweite Furche zieht und auf die Gebäude oben am Hang, die man grob erkennen kann.

Der italienische Feuerwehrmann hat in jedem Fall irgendetwas verstanden, oder zumindest einen Plan, weil er dem Fahrer und damit Maschinisten Anweisungen gibt. Dieser biegt danach umgehend in den Weg zum Haus ein, um zu wenden.

Ich verstehe zunächst die Welt nicht mehr, als die 2 jungen Feuerwehrmänner hinten aussteigen und sich gemütlich am Aufbau zu schaffen machen. Aus der Ferne war die ganze Zeit noch ein langsam näher kommendes Horn zu hören, das immer lauter wurde. Jetzt kann ich auch erkennen, was da so angefahren kommt, ein alter Iveco-Bremach-Allrad-LKW mit Feuerwehraufbau. So eine Art kleines Tanklöschfahrzeug, also als TLF ein LKW mit vor allem Wasser und wenig Ausrüstung oder Personal, hier sind es nur 2 Einsatzkräfte.

Der Wagen hält kurz, die Türen gehen auf, der Beifahrer von vorhin gibt schnell an die im Führerhaus sitzen gebliebene Besatzung ein paar Kommandos und zeigt mit den Armen auf die trockene Wiese mit dem Traktor. Seine Kollegen nicken und setzen sich ihre Helme auf. Der Allrad-LKW schüttelt sich, als der Fahrer diverse Hebel im Inneren bewegt und schaukelt langsam von der Straße in den Weg und von diesem dann direkt auf die kaum zu erkennenden Fahrspuren Richtung Tal zu fahren, also direkt dorthin, woher das Feuer zu kommen scheint. Die Jungs aus dem Löschfahrzeug haben ein paar Handwerkzeuge und schnell am Fahrzeug mit Wasser gefüllte Löschrucksäcke aufgenommen und marschieren nun eilig hinterher.

Dann beginnt das, was überall auf der Welt sehr ähnlich verläuft, der Kampf Mensch mit Gerät gegen Feuer und Rauch unter Beachtung von Wind und Geländeverhältnissen.

Stunden später sitze ich mit Claudio und sechs völlig verschwitzten, schwarz-braun-beige verrußten und bestaubten Feuerwehrkollegen aus Cefalú am Haus. Dort trinken wir reichlich selbstgemachte und natürlich eisgekühlte Limonade mit frischen Limonen und Minze von Maria. Sie kommt kaum mit dem Nachfüllen der Karaffen mit neuer Limonade und frischen Eiswürfeln nach.

Keiner von denen spricht deutsch, aber vom etwas englisch sprechenden Fahrzeugführer, der Alfredo heißt, wie ich mittlerweile erfahren habe, bzw. mit Claudios Hilfe kamen wir uns über die Zeit recht schnell näher. Feuerwehrangehörige sind wirklich auf der ganzen Welt eine ganz eigene eingeschworene Gesellschaft. Egal wo ich bisher war, überall wird man von den Kollegen freundlichst aufgenommen, selbst wenn das in einigen Ländern eigentlich „Sperrgebiet" und verboten war.

Wir hatten nach übereinstimmender Meinung vorhin großes Glück gehabt. Das Feuer kam aufgrund des geringen Windes und weil wir es zufällig rechtzeitig entdeckt hatten, gar nicht erst groß zur Entfaltung.

Die Furchen mit dem Traktor waren gar nicht mehr nötig gewesen, weil die Feuerwehr es schaffte, die Flammen vorher zu stoppen. Gleichwohl waren alle der Auffassung, dass das eine durchaus richtige Absicherung war, zumal es viel länger gedauert hätte, wenn die Einheit aus Cefalú nicht verfügbar gewesen wäre. Je nach dem dann nächsten verfügbaren und somit zu uns alarmierten Standort wären das schnell 20 km oder mehr an weiterer Anfahrt gewesen. Aus wenigen

Minuten wäre so schnell deutlich mehr als eine halbe oder gar ganze Stunde geworden.

Die Ursache des Brandes konnte bisher nicht gefunden werden. Ein Landwirt scheint es nicht gewesen zu sein. Am entgegen der Windrichtung aufgefundenen vermutlichen Entstehungsort des Feuers direkt neben der Fahrspur war eindeutig kein bewirtschaftetes Feld. Vielleicht hatte jemand Müll illegal entsorgt und gleich in Brand gesteckt. Das wäre nach Auffassung der Kollegen aber eher unwahrscheinlich, weil die Brandstelle noch zu nah an bewohnter Umgebung war. Die paar Müllreste, die da herum lagen, sahen aufgrund ihres Zustandes durch Verrottung oder Ausbleichung eher älter als frisch aus.

Bliebe Brandstiftung. Aber warum da hinten in dem Loch des schmalen Tales, wo doch sonst nichts ist, außer trockener Wiese und ein paar Hecken und ein alter Feldweg quer über den Grund von Claudios Familie?

Die Feuerwehr war nach der kurzen Pause eingerückt, wir mittlerweile geduscht und sitzen wieder auf der Terrasse. Claudio holt eine Flasche kalten Weißwein mit Kühler aus der Küche. Er lässt sich ächzend in einen Stuhl fallen, der Traktor hatte wohl doch einen unbequemen oder ungewohnten Sitz.

Nun erzählt er mir auch erneut, aber mehr im Detail, dass es offensichtlich nicht der erste merkwürdige Brand in der Umgebung des Hauses war und sie bisher immer Glück - bzw. eine schnelle Feuerwehr hatten. Das alles bringt mich zusammen mit dem Bremsversagen am Landrover doch ins Grübeln.

Umso mehr als er erzählt, dass er parallel verstärkt genötigt wird, vor allem seine am Strand liegenden Grundstücke zu verkaufen. Das möchte er aber wegen eigener Pläne nach wie vor nicht.

Der kommunalen Polizei hat er das ebenso ergebnislos erzählt, wie einigen persönlichen Kontakten bei der Feuerwehr oder den Carabinieri. Bisher gehen die bei den vielen Bränden in der weiten Umgebung aufgrund der Trockenheit und der gefährlichen Methode der Aschedüngung offenbar eher noch von zufälliger Häufung bei ihm, als von böser Absicht aus.

Sorbetto

Ich hatte in der Nacht etwas gegrübelt und mir mehrere Alternativen überlegt, wie man die Situation verbessern könnte. Mit zu wenig Schlaf, aber einigen Ideen treffe ich beim Frühstück wieder auf Claudio und Maria, die schon wieder in der Küche zaubert. Es duftet herrlich nach frischem Omelett, eher ungewöhnlich für Italien am Morgen, dafür mit kross gebratenen Speckwürfeln und frischen Kräutern und Minitomaten oben drauf. Va bene....

Einen Verkauf seines Familienerbes hatte Claudio als erste und einfachste Lösung direkt abgelehnt, schon gar nicht zu den Preisen, die er ungefragt angeboten bekommen hatte. Außerdem hatte er ja mehrere Ideen für die Zukunft, z.B. am Wasser einen Teil des alten Yachthafens zu mieten und auszubauen und später vielleicht noch einen Beachclub am alten Wachturm anzulegen, den wir vom Strand schon gesehen hatten. Aber um das alles verwirklichen zu können, sollte verhindert werden, dass der Gebäude- und alte Baumbestand nach und nach abgefackelt wird.

„Claudio, habt Ihr Wasser auf dem Grundstück? Und wenn ja, wo und wie viel? Und habt Ihr eine Pumpe und Schläuche, um das transportieren zu können?..." Bevor ich weiter ausholen kann, unterbricht er meinen Redeschwall, „Ihr Deutschen, immer so viele Fragen.." sagt er schmunzeln und zieht einen Lageplan hervor, „wir Italiener sind zwar vielleicht etwas chaotisch, aber nicht stupido..".

Er steht auf und bringt mir kurz danach auf einem flugs aus seinem Büro im Haus besorgten, offensichtlich alten, weil völlig zerknitterten und ausgeblichenen Grundstücksplan. Darin sind die Zisterne am Haus und noch zwei weitere in den alten Feldern der Umgebung eingezeichnet. Da Claudios Familie schon länger keine ernsthafte Landwirtschaft mehr betreibt, sondern mehr auf Tourismus umgestellt hat oder eigentlich noch mitten in der Umstellung darauf ist, sind letztere nach seinen Angaben aber in eher schlechtem Zustand. Die etliche Kilometer weiter weg liegenden und in viele Einzelparzellen verteilten Grundstücke haben dagegen keine eigenen Brunnen oder Zisternen. Er will die auch gar nicht mehr selbst bewirtschaften, sondern vermutlich die dort wirtschaftenden Bauern verkaufen oder verpachten.

Hinten in der Scheune zeigt er mir danach noch eine alte Anbaupumpe zur Feldbewässerung aus den Zisternen mit Zapfwellenantrieb für Traktoren.

In diesem dunklen Schuppen finden sich unter vielen anderen alten landwirtschaftlichen Geräten nach längerer Suche auch noch zur Pumpe passende Rohre mit Schnellkupplungen. Die Rohre und ihre Anschlüsse sind leider in recht schlechtem Zustand und größtenteils völlig verbogen.

Erkennbar hat er die seit Jahren nicht mehr genutzt. Daher ist ziemlich unsicher, ob die Pumpe noch funktioniert und das Zubehör dicht ist.

Außerdem gibt es noch einen alten Wasseranhänger für den Traktor, der nach seinen Erinnerungen noch dicht sein sollte. Ich hatte das verzinkte einachsige Ungetüm gestern kurz gesehen - total verstaubt und ziemlich verbeult, aber durchaus stabil wirkend. Leider ist es nicht möglich, den Tankanhänger und die Pumpe an einen Traktor zu hängen und so mobil betreiben zu können, wir bräuchten dafür einen zweiten Traktor. Außerdem sind die Reifen des Anhängers in einem bedauernswerten Zustand und er hat keine Beleuchtung. Auf Straßen zu fahren ist damit gefährlich - und wie lange die Reifen unter Last halten würden ist eine weitere Frage, die den Einsatz des Anhängers weiter unmöglich erscheinen lassen.

Ich sage ihm direkt mein bzw. sein Hauptproblem: „Du musst damit rechnen, dass die Feuerwehr mal nicht so schnell da ist, oder gar nicht kommt. Bei der Häufigkeit an Bränden und relativ geringer Dichte an Feuerwehren hier müssen die sich gegenseitig über weite Entfernungen unterstützen. Da bleibt vielleicht beim zweiten oder dritten parallelen Einsatz keine Einheit mehr übrig, die dann noch ausreichend schnell kommen kann."

Er wirkt nachdenklich und nickt bestätigend, also fahre ich mit den nächtlich entwickelten Ideen fort.

Ich hatte mittlerweile einen groben Überblick über das Gelände und die Gebäude gewonnen. Wie bei so vielen Gebäuden weiter im Süden gibt es viel zu viel Bewuchs und alten herumliegenden Krempel rund um die Gebäude. Der hat sich über die Jahre angehäuft und ist leider größtenteils gut brennbar.

„Als erstes musst Du versuchen, die Brandlast direkt um die Gebäude zu reduzieren. Also nimm sofort das Zeug hinter den alten Ställen und rund um den Schuppen weg, vor allem das trockene Bretter- und Kaminholz. Das kann man klein schneiden und im Winter im Kamin verheizen oder im Sommer zum Grillen auf offener Flamme benutzen. Zu was anderem nutzen Dir die verzogenen trockenen Latten sowieso nicht mehr. Alle höher gewachsenen und trockenen Sträucher müssen raus. Die trockene, völlig strohige Wiese davor sollte zuerst umgepflügt und mit der Egge oder der Bodenfräse geglättet werden. Danach kannst Du die vielleicht mit grünen Bodendeckern, die wenig Wasser brauchen aufhübschen, oder alternativ als Wiese neu einsäen. Die sollte dann aber auch kurz gehalten und laufend bewässert werden. Im unteren Bereich müssen mindestens die Zypressen weg. Ich würde sogar die paar Olivenbäume fällen, die innerhalb eines, sagen wir mal 10 m Abstandes von den Gebäuden stehen. Die sehen sowieso nicht so aus, als würden die noch wirklich Früchte tragen."

Claudio widerspricht, „aber die Zypressen am Haus geben doch so schön Schatten am Nachmittag auf die Terrasse vor der Küche." Ich hole weiter aus, „die Zypressen spenden zwar Schatten, aber wenn sie noch größer werden, wäre mir das eher zu viel davon. Eine Zypresse brennt zwar nicht so schnell, aber wenn sie mal brennt, ist so eine Zypresse leider auch eine gefährliche Fackel mit unliebsamen Folgen, wie einem dann drohenden oder kaum mehr zu verhindernden Übergriff des Feuers vom Baum auf das Haus.“ Ich zeige von der Zypresse zum recht nahen Dach. Das ist zwar weitgehend mit Tonziegeln und ein paar Blecheinfassungen z.B. an den Kaminen gedeckt, aber diese ruhen natürlich jeweils auf brennbaren trockenen alten Holzbalken und dünneren Querlatten.

„Dann würde ich die Böschung, wo jetzt noch die Zypressen stehen, nach unten zu dem kleinen Weg gegenüber der Autoremise abgraben, den Aushub direkt darüber wieder aufschütten und mit einer versetzten Steinmauer sichern. Das gibt unten am Haus gegenüber der Remise noch 2 - 3 Parkplätze mehr, geht mit dem Traktor und einem Frontlader in Eigenleistung und recht schnell. Danach kann Maria oben drauf Kräuter für die Küche anpflanzen, die jetzt überall verstreut in der Böschung wachsen."

Wir erhalten von Maria eine Karaffe mit frisch gepressten Orangensaft mit Eis und ein paar Limonenstücken darin. Das bringt mich auf eine weitere Idee. „Wenn Ihr wollt, könntet Ihr auch in die entstehende Terrassen ein paar niedrigere Obstbäume pflanzen, die spenden auch Schatten, sind aber vor allem keine so leicht brennbaren Hölzer, weil sie kaum ätherische Pflanzenöle enthalten."

Damit wäre zumindest die Brandlast um das Anwesen etwas reduziert. Allerdings müssen wir Möglichkeiten schaffen, aktiv einen Brand zu bekämpfen – zumindest so lange, bis die Feuerwehr da ist. „Außerdem brauchst Du unbedingt eine oder gleich mehrere Pumpen, Schläuche und Strahlrohre, um selbst etwas gegen Feuer machen zu können."

Claudio erzählt mir dazu, dass er daran schon selbst gedacht habe, aber den Aufwand für zu hoch hielt bzw. unsicher sei, was er mit wem damit machen solle. Die Sorgen kann ich ihm nehmen. Ich hole mein iPad heraus und zeige ihm ein paar der nächtlichen Suchergebnisse. „Für jeweils ein paar hundert Euro kann man im Internet problemlos an recht unkompliziert gebaute und einfach zu bedienende gebrauchte Tragkraftspritzen, zum Beispiel vom Typ TS 2/5 aus alten deutschen Katastrophenschutz- oder Bundeswehrbeständen kommen. Die bringen entsprechend der Bezeichnung ca. 200 L/min Förderleistung bei 5 bar Wasserdruck.“

Das ist für die Selbstverteidigung erst mal ausreichend und auch schnell verfügbar. Dazu kann man über ebay oder Fach-Plattformen wie den Markplatz der größten deutschen Feuerwehrwebseite ein paar gebrauchte C- bzw.

dünnere D-Schläuche und Strahlrohre sowie ein paar Verteiler und sonstige Armaturen organisieren - und gut ist.

„Wie viele Mitarbeiter habt Ihr denn hier auf dem Gut?" frage ich Claudio. Er antwortet nach kurzer Überlegung: „Fest und dauernd eigentlich nur Maria und gelegentlich bei Bedarf ihren Mann Sergio, während der Saison je nach Tourismus bzw. Erntezeit noch zeitweise ca. 5 - 10 Leute. Aktuell habe ich zusätzlich nur Tereza, Nikolai und Stephanie. Ich wollte aber noch ein paar einstellen, um mit dem Steg am Yachthafen weiter zu kommen und mit dem Ausbau der anderen Rusticos, also unseren in der Umgebung noch stehenden alten Schuppen und der alten Häuser der Arbeiter, endlich weiter zu kommen."

„Wie sieht es mit den Nachbarn aus", frage ich weiter. Er verzieht das Gesicht, „die alten Olivenbetriebe sterben aus, die Jugend geht aufs Festland. Es ist kaum mehr einer hier, warum?".

„Claudio, ihr müsst neben den vorbeugenden Maßnahmen auch eine kleine Gruppe von Leuten schaffen, um Euch selbst gegenseitig helfen zu können, wenn Ihr Probleme bekommt." Er schüttelt den Kopf, „wir sind doch keine Feuerwehr - und das ist doch auch viel zu gefährlich." Ich schaue ihn verwundert an, und widerspreche, „aber das ist doch nicht viel mehr als das, was wir gestern auch schon gemacht haben!?!"

Schnell entwickle ich meinen Plan weiter. „Eure schon vorhandene Ausrüstung an Pumpen, Tankanhänger, Werkzeug etc. muss überprüft werden. Die kleinen Pumpen müssen bestellt und möglichst schnell geliefert werden. Und natürlich musst Du dafür sorgen, dass Du bei Bedarf sicher die Leute hast, die dann auch ungefähr wissen, was man damit machen kann - und wann es zu gefährlich wird.“ Und so rede ich munter weiter mit Details auf ihn ein.

Am Schluss grinst er - und stimmt zu. Ich greife mir mein Telefon und beginne zu telefonieren...

Wir brauchen hier weitere Unterstützung, also rufe ich in Deutschland meine alten Freunde Jonas, aus der Führung von @fire und Dieter selbiges im Waldbrandteam an. Das sind jeweils private Organisationen die sich auch bzw. v.a. um die Vegetationsbrandbekämpfung kümmern. Sie verwenden und trainieren bzw. schulen bevorzugt Methoden, die nicht zwingend große Löschfahrzeuge oder gar Hubschrauber voraussetzen.

Der Deal wäre, Claudio zahlt die Flüge und sonstigen Spesen für ein paar Ausbilder, die dürfen dafür hier ein paar Erfahrungen im Ausland sammeln und erhalten einen Gutschein für einen zweiwöchigen Aufenthalt mit der Familie in einer der Ferienwohnungen fürs nächste Jahr. Damit hätte Claudio dann auch die Chance, weitere Kontakte für die nächsten Jahren für ein paar schlaue helfende Hände in solchen Lagen zu haben. Das Problem dabei ist, es muss natürlich wieder gestern passieren...

Viele Telefonate und etliche Emails später kann ich bei einem kühlen Bier Claudio die ersten und sogar unerwartet positiven Lösungen berichten.

Jonas und Dieter hatten sich alles angehört, die Situation interessant und spannend gefunden. Sie haben mir versprochen, sich mit ihren Leuten darüber zu unterhalten. Man hatte noch einiges an Geräten in deren eigenen Lägern, die man gegen den Einkaufswert abgeben könnte und der Transport wäre über Luftfracht nicht so teuer wie befürchtet, dafür natürlich viel schneller als mit einem LKW.

Das Problem war wie fast immer in vergleichbar kurzfristigen Lagen: In der Kürze der Zeit hat jeder mit zunehmenden Alter immer mehr Verpflichtungen in Beruf und Familie sowie den jeweiligen mehr oder weniger ernsthaften Freizeitbeschäftigungen mit daraus resultierenden zeitlichen Verpflichtungen. Es bleibt also abzuwarten, wer sich kurzfristig tatsächlich die nötige Zeit frei schaufeln kann?

Seconde

Zwei Tage später haben wir die Gebäude außen von brennbaren Gegenständen befreit, die völlig strohige und verdorrte Wiese umgepflügt und mit der Egge eingeebnet und dabei die oberflächlich liegenden, brennbaren Reste der alten Vegetation gleich mit eingesammelt. Anschließend wurden die Zypressen gefällt und zu Meterstücken weit genug vom Haus entfernt unter einem alten Schuppendach gestapelt.

Die Olivenbäume haben wir dann doch stehen gelassen. Claudio hat mich im Realbrandversuch an einem alten rissigen Stück mit einem Gasbrenner davon überzeugt, dass deren hartes Holz nicht so leicht brennt.

Leonardo hatte irgendwoher für einen Tag eine kleine Raupe mit Kettenantrieb und einem völlig verbeulten Räumschild aufgetrieben. Das Ding sah zwar aus, als wäre es bei der Eroberung Siziliens durch die Amerikaner im Sommer 1943 stehen geblieben, es leistete aber tapfer seine Dienst in Wegschieben brennbaren Buschwerks unter den Gebäude und Schaffung einer Parkterrasse. Auch die Positionierung der Steinc zur Abstützung der Fläche war damit viel einfacher.

Wir haben beschlossen uns am Sonntag eine Auszeit gönnen. Der Wind hat aufgefrischt und so wollen wir uns bei endlich kräftig auffrischendem

Wind die Zeit mal nicht mit Arbeit, sondern mit Segeln vertreiben. Das hat natürlich auch damit zu tun, dass ich in den letzten Tagen auch zu dem Thema diverse Nachrichten über email und Whats App ausgetauscht hatte. Meine alten Freunde, der Werkstoffkundespezi aus dem Studium Matthias und seine temperamentvolle Frau Angelique, sind seit Tagen mit einigen Bekannten um die liparischen Inseln gesegelt und wollen abends in Cefalù einlaufen. Ich hätte in der Ursprungsplanung auch mitfahren können, hatte mich aber mal wieder zu spät dafür entschieden, weil Marie und ich nicht gleichzeitig dafür passenden Urlaub bekommen hätten. Danach war das Schiff natürlich wieder mal voll. Aber die Gelegenheit für ein Treffen wollen wir uns natürlich nicht entgehen lassen. Sie müssen das Schiff morgen nach Palermo segeln, um es dort wieder an den Charterbetrieb zurück zu geben. Da liegt Cefalù praktisch auf der Strecke.

Claudio hatte zu unserer sonntäglichen Segelrunde noch Leonardo, den Landrover-Schrauber und Mario, den Chef der örtlichen Feuerwehr eingeladen, den er natürlich auch kannte. Wir wollten Mario bei der Gelegenheit von unseren Plänen informieren, damit er sich nicht vor den Kopf gestoßen fühlt, wenn da plötzlich Brandbekämpfer aus Deutschland „seinen Job machen wollen".

Am Abend sollten zwei weitere „Gäste" aus Deutschland ankommen, die Sergio, Marias Mann, abholen wollte. @fire und das Waldbrandteam hatten wieder unkompliziert und schnell gearbeitet. Leider konnten sich von den ausreichend ausgebildeten Helfern nur Jonas und Dieter für je eine gute Woche spontan frei machen und ihre Dienste bei ihren jeweiligen Arbeit gebenden Berufsfeuerwehren kurzfristig im Kollegenkreis tauschen. – Klar eine gute Woche im warmen Süditalien statt im verregneten deutschen Frühherbst mit ein paar internationalen Übungseinheiten klangen schon an sich interessant, meine Erzählungen von der Gegend und einige schnell per Whats App übermittelte Bilder vom Essen hier haben den spontanen Entschluss sicher nicht erschwert.

Theo als der technische Spezialist von @fire konnte leider nicht mitkommen, weil das aufgrund seiner Terminlage als gut gebuchter freier Ingenieur mit Familie so schnell nicht ging. Wie ich aus den Telefonaten und Mails weiß, bedauert er das sehr, weil er gern dabei gewesen wäre. Dafür hat er es aber tatsächlich mit seinen Kontakten in den letzten Tagen geschafft, mehrere Paletten mit der wichtigsten Ausrüstung per Luftfracht über einen bezahlbaren Kurs nach Sizilien zu schaffen, die wir morgen abholen sollen. Ich bin gespannt, ob das alles problemlos durch den Zoll geht.

Den ganzen Tag Segeln ist dann auch wirklich wie im Urlaub. Zu viert hat man auch mehr als ausreichend Platz auf der frisch überholten und daher noch strahlend weißen Bavaria 42 Cruiser

Segelyacht mit ihren typischen blauen Bauchstreifen. Die knapp 10 Jahre alte Yacht hatte Claudio schon Anfang letzten Jahres für seine Vermietungspläne günstig gebraucht gekauft, bisher aber nach dem Tod seiner Eltern kaum genutzt.

Wir haben schon am Morgen gegen 10:00 Uhr die Leinen los geworfen und sind, bei für die Jahreszeit eher ungewöhnlichen Windrichtung, gemütlich einige Zeit knapp 10 Seemeilen gegen den weiter zunehmenden Wind nach Nordosten aufgekreuzt. Die von Cefalù zwar nur 40 sm entfernten liparischen Inseln können wir zwar sehen, bei der Windrichtung aber natürlich nicht mit unserer gemütlichen Urlaubssegelei im Stile eines Schwimmcampings mit mehreren Bade- und Esspausen in einem Tag hin und zurück gemütlich erreichen. Die Rückfahrt werden wir später nach Lust und Laune antreten, sie sollte dann vor dem Wind auch recht schnell gehen.

Mario wird nebenbei an Bord von Claudio über seine oder unsere Probleme informiert, versteht die Ideen anscheinend auch und ist vor allem an den feuerwehrspezifischen Details sehr interessiert. Am wichtigsten ist mir aber, dass er nicht ablehnend dazu eingestellt ist, wenn wir eigene Maßnahmen ergänzend zur Feuerwehr vor Ort planten.

Spontan hat Claudio ihn dann direkt zum Abendessen mit Dieter und Jonas eingeladen. Ich werde gleich noch versuchen, Matthias und Angelique auch dazu zu überreden. Gutem Essen waren die noch nie abgeneigt gewesen. Das Problem könnte aber der abendliche Transfer oder deren Planungen mit der restlichen Crew werden.

Maria hatte mich morgens schon gefragt, was ich essen wollte - und ich hatte spontan „Spanferkel" geantwortet, was zuerst ein unverständiges Stirnrunzeln bei ihr erzeuge, aber von Claudio schnell mit „Porchetta" übersetzt wurde. Erfahrungsgemäß konnten bei ihr locker doppelt so viele Personen gut von dem Essen satt werden, wie geplant waren.

Eigentlich wollten wir uns am frühen Nachmittag in eine sich nach Südosten öffnende Bucht legen. Aber Claudio hatte dann als Kapitän entschieden, dass ihm dafür der nach Osten drehende und damit weiter auflandig werdende Wind und die daraus resultierenden Wellen zu stark zugenommen hätten. Wir laufen daher früher als geplant wieder mit leicht gerefften Segeln vor dem Wind in den Hafen zurück.

Der weiter auf 5 – 6 Bft auffrischende Wind treibt die größer werdenden Wellen von Osten vor sich her und auf die sich ungünstigerweise genau dahin öffnende Hafeneinfahrt zu. Da wird das sichere Anlegen gleich zur Herausforderung.

Aber bevor wir aber ans Anlegen denken können, müssen wir die Segel bergen. Die Rollfock holen wir auf mit Kurs fast direkt vor dem Wind schnell ein. Danach müssen wir noch das Großsegel niederholen.

Claudio startet den Motor und dreht das Schiff ausreichend weit vor der Hafeneinfahrt um 180 Grad mit dem Bug in den Wind. Sofort nimmt der Wellenschlag zu. Wir holen das Groß ein, lassen es aber vorerst nur mit einer Leine zusammengebunden im Lazybag, einer Art längs offenen Packsack, liegen, weil bei dem Wellengang ein vernünftiges Einpacken nicht so einfach ist.

Unter sanftem Brummen der Dieselmaschine laufen wir langsam mit und auf den vom Wind getriebenen Wellen in den Yachthafen von Cefalù ein. Matthias hat mir eine Whats App geschickt, er ist mit seiner Crew schon eingelaufen und hat an dem vorher abgesprochenen Bereich festgemacht. Er wartet da auf uns und ist nebenbei damit einer der ersten Mieter von Claudios bisher nur sehr kleinem Steganteil.

Claudio dreht vor dem relativ kleinen Stegbereich bei, den er schon angemietet und der bis auf die mit Matthias´ Boot belegte Box noch komplett frei ist. Mario und ich haben die Fender ausgebracht und auf die zu dem U-förmigen Steg passende Höhe gebracht. Am Heck hat Leonardo in der Zwischenzeit schon den Kugelfender angebracht und Vorder- und Achterleinen bereit gelegt, um das Boot gleich im Steg festmachen zu können.

Am Steg warten wie unter Seglern üblich schon der überdurchschnittlich große, mittlerweile auch schon leicht ergraute Matthias, wie immer beim Segeln in alten Shorts, einem ausgeleierten Polo undefinierbarer Farbe zu ausgetretenen Segellatschen und der wilden Lockenkopf der schlanken und quirligen, dunkelhaarigen und braun gebrannten Angelique, um unsere Festmacherleinen entgegen zu nehmen. Matthias steht dabei wie ein Fels in der Brandung, Angelique dagegen winkt, hüpft und läuft auf den paar Metern Steg hin und her, als wäre sie ein Tiger im Käfig.

Da dieser Bereich des Hafens noch nicht ganz fertig ist, fehlen noch die Festmacherbojen vor den für größere Boote nicht ausreichend tiefe Boxen. Statt dessen muss man größere Schiffe mit dem Anker sichern.

Auf Claudios Kommando lässt Mario diesen mit der Handfernsteuerung vom Bug auslaufen, während wir langsam über das Heck nach hinten fahren bzw. mit dem Wind treiben. Der Anker hält, Mario gibt mit der Ankerwinsch mehr Kette nach, ich werfe an Steuerbord, also rechts, die Heckleine Angelique zu, Leonardo macht das gleiche backbords mit Matthias. Beide fädeln die Leine schnell durch die Ringe der Festmacherdämpfer und reichen uns die Enden zurück. Wir sind mittlerweile nah genug, um die einfach entgegen nehmen und erst mal an den Klampen direkt belegen zu können.

Nachdem das Boot einigermaßen in der Box ausgerichtet ist mache ich beide Festmacherleinen am Heck nochmal ordentlich fest, während sich Leonardo mit Mario um die Zusatzleinen kümmert.

Mit den Vorleinen legen die beiden über die mittschiffs liegenden Festmacherklampen noch eine zusätzliche Leine zu den relativ kurzen Enden der Stege links und rechts des Bootes. Danach verstauen wir in Ruhe das Großsegel und schließen den Reißverschluss des Lazybags.

Das ist praktisch das Zeichen für den „Anleger", das traditionelle erste Getränk im neuen Hafen. Angelique hatte die schon vorbereitet, als sie uns an der Hafeneinfahrt gesehen hatte. Ganz typisch reicht sie uns entweder gekühlte Drinks in Form von Campari-Orange oder alkoholfreiem Crodino-Tonic. Beides leider ohne Eis, weil die Boote kein Eisfach im kleinen Kühlschrank haben, dafür garniert mit frischen Minzblättern.

Das Boot bockt durch den zunehmenden Wellengang mittlerweile wie ein Esel. Während Matthias und vor allem Angelique munter auf mit einreden und von ihrer Segeltour erzählen, dabei natürlich auch wissen wollen, wie es mir so geht, wo denn Marie diesmal sei, wann wir uns denn endlich wieder auch mal länger irgendwo sehen ..., spanne ich am Heck die Leinen nochmals nach, um das Boot etwas zu beruhigen.

Kurz danach sitzen wir dann alle sechs im Heck von Claudios Boot und nippen an unseren Gläsern. Ganz italienisch reden jetzt fast alle durcheinander. Angelique scheint in ihrem Element, kein Wunder, als gebürtige Französin mit sizilianischen Wurzeln muss sie sich bei den warmen Temperaturen hier viel wohler als im jetzt schon kalten Deutschland fühlen.

So wirklich gemütlich ist es aber nicht, weil die Schaukelei durch die von vorn auf das Boot treffenden Wellen mittlerweile so stark ist, dass man die Gläser dauernd festhalten muss. Dazu quietschen die Federn der Festmacherdämpfer am Steg so laut, dass man sich kaum unterhalten kann. Claudio schlägt dann auch sehr schnell vor, „lass uns austrinken und zu Maria fahren, da haben wir Windschatten, Sonne und auch noch Eis für die Getränke."

Ich setze gerade mein Glas an, als es einen sehr lauten, kurzen scharfen Knall gibt - und die von mir vorhin am Heck nach Steuerbord zum Steg aus- und angebrachte Festmacherleine über unsere Köpfe peitscht. Dabei pfeift ein schwerer Gegenstand quer über das Boot durch die Luft.

Angelique schreit vor Schreck auf, Matthias lässt wie ich sein Glas fallen, die beide natürlich auf dem Deck zerbrechen, während sich die anderen durch den Schreck und die abwehrenden Armbewegungen mit Getränkeresten anspritzen, aber wenigstens die Gläser festhalten.

Die Leine fällt, sich wie eine aggressive Schlange windend, zwischen uns auf den am Heck vor dem Steuerbereich ausgeklappten Teaktisch, wirft dabei die dort stehenden halb geleerten Flaschen zum Nachschenken um. Glücklicherweise zerbrechen die nicht, weil sie uns entweder in den Schoß fallen, oder zu stabil sind. Sekundenbruchteile später schlägt etliche Meter steuerbord voraus, also rechts vor dem Bug, etwas offenbar Schweres spritzend ins raue Meer ein.

Wir sehen uns sprachlos kurz an, bevor alle aufspringen und jeder versucht, irgendetwas zu machen. Angelique will von Matthias wissen, was er wieder falsch gemacht hat, der verdreht nur die Augen und zeigt auf mich. Claudio brüllt kurze Anweisungen und bringt so Ordnung in das Durcheinander. „Klaus, geh wieder auf den Steg; Mario, attenzione!" und hält ihm die Leine hin.

Gemeinsam gelingt es uns, das nur noch auf einer Heckseite fest gemachte und nun wild am Heck in der Box hin und her pendelnde Boot wieder fest zu bekommen. Ich habe mein heftig schlagendes Herz tief in der Hose sitzen, weil ich offensichtlich das Boot am Heck irgendwie falsch befestigt hatte. Was hatte ich dabei nur verkehrt gemacht?

Ich klettere wieder auf den Steg, kniee mich hin und betrachte mir fassungslos das Dämpfungselement aus stabilem, rostfreien Stahl. Es zeigt zwar schon etliche Gebrauchsspuren und ist sicher ein paar Jahre alt. Aber es hängt nur noch das am Steg befestigte Teil vor mir, während das andere Ende, an dem die Festmacherleine des Bootes durchgezogen war, einfach fehlt.

Das war dann wohl vorhin über bzw. zwischen unsere Köpfe geflogen und im Wasser verschwunden. Bei dem Gewicht und der Energie hätte es uns problemlos schwer verletzen oder gar töten können. Meine Beine werden weich und ich setze mich neben den Dämpfer auf den selbst durch die größeren Wellen nur sanft schwankenden Schwimmsteg, bevor ich doch noch ins Wasser falle.

Glatt abgebrochen, denke ich mir, als ich gedankenverloren das verbleibende Ende in die Hand nehme und es mir näher ansehe. Mein Zeigefinger bleibt an einer scharfen Kante neben der Bruchstelle hängen. Der direkt entstehende Schnitt im Finger bringt den ins Bluten und mich zum Fluchen. Ich betrachte mir erst den Finger, stecke ihn in den Mund und dann genauer den Dämpfer. Ich stutze, beuge mich tiefer, nehme die Brille ab um besser sehen zu können - das Alter, ich müsste mal wieder zum Optiker, um die Gleitsichtbrille anpassen zu lassen....

Vorsichtig fahre ich mit einem Finger über die scharfe Kante und drehe die Bruchstelle hin und her, um verschiedenen Lichteinfall zu erzeugen. Ich stutze und betrachte die Stelle aus verschiedenen Abständen. Ich winke Matthias zu, dass er zu mir kommt. Er klettert vom Boot zu mir, guckt sich das Teil an, zupft an seiner Brille, zeigt auf die auch mir aufgefallenen Stellen und meint nur „hmmmm, das sieht nicht nach Zufall aus“.

Das Teil hoch haltend rufe ich „Claudio, das Problem wird wohl immer größer...". Der klettert mit den anderen beiden zu mir und Matthias auf den Steg und meint nur, „Wieso, Du hast nur die Leine zu stark gespannt. Der Hebel des Bootes bei den Wellen ist zu viel für Leine oder die Beschläge. Gut, dass nicht mehr passiert ist. Ich hätte Dir das zeigen sollen, Du bist halt doch ein Süßwasserkapitän und ich ...".

Ich falle ihm ins Wort, „das mag sein, aber das war höchstens der Auslöser, die Ursache ist ganz was anderes" - ich drehe den Dämpfer um, so dass die Unterseite zu sehen ist. „Wenn man ihn richtig ins Licht hält, kann man gut mehrere Ansätze von Sägeschnitten sehen - und an der Bruchkante einen sauberen tiefen Einschnitt, der eine andere, etwas angedunkelte Farbe, als die ganz blanke frische Bruchstelle durch das Restmaterial aufweist. An einer der Kanten habe ich mich wohl vorhin geschnitten."

Mein Finger tropft auch munter weiter auf den Steg und hat auch den Edelstahlrest in meiner Hand mit Blut verschmiert.

Mit dem Zeigefinger der anderen Hand weise ich auf die Stellen. „Meine Metallkenntnisse aus der Uni sind schon ein paar Jahre her, aber die Schnitte sind im Vergleich zur Bruchstelle zum einen zwar recht frisch, aber doch älter, aber auch nicht sooo alt, dass sie stärker an-oxidiert wären. Es sind eindeutig auch keine Scheuerstellen von der Oberfläche des Steges der Befestigung, sondern Schnitte einer Metallsäge. Die wurde offenbar mit mehreren Versuchen angesetzt..."

Claudio, Leonardo und Mario nehmen die Reste des Dämpfers nacheinander in die Hand und betrachten sich nun selbst die Bruchstelle genauer.

Letztlich bestätigt dann jeder meinen Eindruck. Matthias holt zwischenzeitlich den Verbandkasten aus der Kabine seines Bootes, weil die Pflaster aus unserer überalterten Bordapotheke nicht halten, die Claudio mir direkt gegeben hatte. Angelique fummelt aus deren Erste-Hilfe-Set tatsächlich ein Pflaster für einen Fingerverband und wickelt es mir um den immer noch blutenden Finger.

Claudio steht mit den anderen beiden, intensiv, lautstark und mit sehenswerter Gestik italienisch palavernd, immer noch auf dem Steg.

Nachdem wir uns wieder gefangen haben, machen wir das Boot sorgfältig neu fest. Claudio prüft vorher jeden Beschlag und jede Leine – insbesondere ob ausreichend Spiel für das Boot gegeben ist.

Wir trennen uns später am Ende des Steges. Während Leonardo mit seinem Schwager reden will, der zufällig der Hafenmeister ist, wird Mario auf dem Heimweg kurz bei der Polizia Communale vorbei schauen. Beide wollen fragen, ob es schon mehrere solcher Fälle im Hafen gegeben hatte, oder ob das hier bisher noch unbekannt ist.

Auf jeden Fall müssen vom Hafenmeister oder den Eignern alle Befestigungselemente an den Stegen kontrolliert werden, um mögliche weitere Schäden feststellen und beheben zu können, bevor noch mehr passiert. Matthias und Angelique haben sich entschieden, sie bleiben bei ihrer Crew auf dem Schiff, um den letzten Abend an Bord gemeinsam zu verbringen. Sie kontrollieren gleich auch noch ihre Festmacher. Morgen werden sich die Wege ihrer Crew nach der Abgabe ihres gecharterten Schiffes im Hafen von Palermo schon wieder trennen.

Claudio erklärt mir auf der Rückfahrt, dass heute gut zu sehen war, warum der kleine Hafen von den Reisenden mit Charterbooten bisher nicht so gut angenommen wird. Der Hafen ist in weiten Teilen recht flach. Weil seine Einfahrt mit der fast genau von einem Küstenvorsprung von West nach Ost parallel der Küstenlinie verlaufenden Mole bei Ostwind kaum Schutz vor Wind und Wellen bietet und das in den einschlägigen Segelrevierführern auch so beschrieben ist, laufen bisher recht wenige Freizeitskipper den vor einigen Jahren deutlich vergrößerten Hafen an.

Zwar taucht das Problem nur bei einer konkreten und eher seltenen Wetterlage mit Wind direkt aus Osten auf, aber dauerhaft müsse man noch irgendeine Lösung für einen Versatz oder einen weiteren Wellenbrecher unter dem alten Wachturm finden. Da streitet sich die Gemeinde mit den Mietern im Hafen, den Fischern und ihm als Grundstückseigentümer an Land um die Kosten und Ausführungen.

Claudio will die Befestigung und Zufahrt von Land aus erlauben, aber nur, wenn er dafür eine Terrasse erlaubt bekommt, die er auch nutzen kann, um den direkt dahinter liegenden alten Turm als Beach- bzw. Hafenbar nutzen zu können. Es gibt aber offensichtlich Widerstände von Umwelt- und Denkmalschützern die das bisher verhindert haben. Der Bürgermeister scheint außerdem unerwartet zögerlich, seine Anträge überhaupt zu diskutieren. Claudio befürchtet, dass noch andere Interessengruppen ihre Finger im Spiel haben, bestreitet aber, dass die Mafia hier relevanten Einfluss ausüben würde. Außerdem geht es natürlich bei so einem Vorhaben um etliche zigtausend Euro an Investitionskosten, die erst mal aufgebracht werden müssen.

Das erklärt dann in der Summe die zahlreichen unbelegten Festmacherpunkte an der Kaimauer und die leeren Boxen an den Stegen, das Fehlen etlicher Festmacherbojen und das dadurch schon wieder etwas abgehalftert wirkende Ambiente des relativ neuen Hafens. Der Eindruck wird noch dadurch verstärkt, dass die ungestörten Möwen die verwaisten Stege schlicht - aber offenbar begeistert - komplett zugeschissen haben.

Wieder zu Hause bei ihm angekommen parkt Claudio den Ninety schwungvoll in der Remise und wir gehen mit dem Ausflugsgepäck Richtung Terrasse vor der Küche. Dort sitzen grinsend schon die sonnenbebrillten Jonas und Dieter in Shorts und ihren gelben T-Shirts mit den jeweiligen

Wappen auf der linken Brustseite bei einem Aperitivo und genießen die Sonne genießen, während uns aus der Küche ein unglaublich leckerer Geruch nach Fleisch und Kräutern entgegen strömt. Irgendwie erinnern mich die beiden immer an die Blues Brothers, wohl weißlich erspare ich mir aber, das jemals wieder laut anzusprechen.

Wir begrüßen uns herzlich. In einem ziemlichen Durcheinander wechselnder Gesprächsführung und unterschiedlicher Nachfragen erklären Claudio und ich den beiden kurz das Wesentliche zur Lage bzw. den weiteren Plänen – und natürlich auch, was heute passiert ist.

Jonas nickt und meint grinsend zu mir, „wir haben die frischen Arbeiten rund ums Haus schon gesehen, da hast Du unsere Tipps für Hausbesitzer gelesen und schon gut umgesetzt. Ihr solltet aber den Wundstreifen breiter machen und regelmäßig kontrollieren. Da hinterm Haus zum Hang hin liegt nämlich durch den starken Wind schon wieder loses und sehr trockenes Heu oder Stroh darauf. Damit ist der im Bedarfsfall so gut wie wirkungslos."

Ich klinke mich kurz aus, um zu duschen. Auf dem Weg in mein Zimmer werde ich aber unweigerlich durch die starken Küchendüfte abgelenkt. Ich muss daher kurz zu Maria in die Küche gehen, weil mir durch den daraus strömenden Duft schon das Wasser im Mund zusammen läuft. Maria ist gerade nicht da, daher öffne ich selbst den Backofen und sehe eine große schwarz emaillierte Blechform, in der ein schon gut angebräuntes Spanferkelstück auf einem Gemüse-Kräuter-Knoblauchbett ruht.

Ein leises Geräusch lässt mich hochschrecken, da knallt mir schon ein Kochlöffel auf den Allerwertesten - „No Klaus!" - und Maria schlägt direkt die Ofentür wieder zu. Ich kann nur vermuten, dass die Hitze drin und ich davon weg bleiben soll, also entschuldige ich mich mit einem schuldbewussten „scusi“ und mache vor Vorfreude grinsend den Abgang.

Nach der erfrischenden Dusche gehe ich wieder zur Terrasse zurück, wo Maria und Claudio wilde Debatten offenbar über die beiden noch zu erwartenden zusätzlichen Gäste Leonardo und Mario führen, weil ich deren Namen immer wieder höre. Ich frage Claudio was los ist - und er bestätigt meinen Verdacht, dass Maria Sorge hat, das Essen würde nicht reichen. Ich frag ihn, ob er Kartoffeln im Haus hat. Hat er, aber natürlich findet er die nur mit Maria, die wissen will, was ich damit vorhabe.

Ich erkläre ihm - und er übersetzt das sicherheitshalber direkt, dass es in meiner bayerischen Heimat auch Schweinebraten geben würde, der würde auch im Ofen gemacht, aber ohne Gemüse, dafür aber mit Kartoffeln in der Form. Ich schlage den beiden daher vor, als Buße für die Küchenspionage ein paar Kartoffeln zu schälen und die unter das Fleisch zu schieben.

Wenn wir die in mundgerechte Stücke schneiden, dann wäre das sicherlich in 30 Minuten durch - und je länger, desto aromatischer auch die Kartoffeln. Maria wirkt skeptisch, aber stimmt dann doch zu, sie will dafür hinterher noch eine frische Zabaione zaubern.

Die Kartoffeln sind schnell vorbereitet und von Maria selbst in die Form im Ofen unter das Fleisch geschoben. Ich greife mir aus dem Kühlschrank ein kaltes Moretti, ein leckeres sizilianisches Bier und setze mich zu den anderen. Kurze Zeit später kommen Leonardo und Mario in einer Staubwolke mit einem kleinen weißen Fiat Panda 4x4 neuerer Bauart angefahren und die Zeit verfliegt mit der Vorstellungsrunde und den Getränken.

Maria bittet nach keiner halben Stunde um Hilfe und wir werden mit Tellern, Besteck, Gläsern bewaffnet, um den großen Tisch zu decken. Leonardo verteilt den roten Hauswein dazu, der durch die Lagerung im Keller etwas gekühlt ist. Mario schenkt aus einer großen Karaffe Wasser aus, während Claudio mit Sergio die große Form mit dem nun herrlich angebräunten und knusprigen Spanferkel aus der Küche bringen. Maria hat da eben noch frische Thymianzweige darüber verteilt. Ein echter Hingucker und ein noch besserer Geschmack, wie wir alle nach den ersten Bissen bestätigen.

Der Abend vergeht beim Essen mit dem Erzählen der bisherigen Ereignisse wieder sehr schnell. Wir besprechen danach noch die weiteren Pläne. Dieter und Jonas wollen morgen die Gegend erkunden, später das vorhandene Material sichten, Sergio übernimmt wieder die Kurierfahrt zum Flughafen, wo er die Ausrüstung abholen will, die morgen ankommen soll. Wir hoffen, dass es am Zoll keinen Ärger gibt, weil es letztlich alles älteres und gebrauchtes Material ist und da sogar in Italien Diskussionen zum zu verzollenden Wert durchaus denkbar wären.

Claudio kann nicht mit zum Flughafen. Wir brauchen ihn hier als Übersetzer für die ersten Ausbildungen der Helfer.

Mario stellt uns dafür sogar das Tanklöschfahrzeug mit zwei Feuerwehrleuten zur Verfügung. Dafür sollen seine Leute sich die Ideen zur Vegetationsbrandbekämpfung ansehen, die die extra angereisten Deutschen mit den merkwürdigen gelben Jacken so haben. Jonas winkt zwar ab, „alles nicht neu, alles in den Waldbrandregionen der Welt bereits seit vielen Jahren eingesetzt", aber die italienischen Kollegen wollen oder sollen es trotzdem selber sehen.

Letztlich dreht es sich immer darum, vorbeugend Maßnahmen zu ergreifen, um Gebäude bzw. Infrastruktur zu schützen, dann Brandherde möglichst schnell zu erkennen und vor allem genauer zu lokalisieren, dann schnell einzugrenzen, bevor sie sich soweit vergrößern, dass man nur noch mit „großem Besteck", bis hin zu

Löschflugzeugen eine Bekämpfung durchführen kann.

Contorno

Ich werde von lauten Motorengeräuschen wach. Blinzelnd blicke ich auf die Uhr, gerade mal kurz nach acht... Und das im „Urlaub".

Morgenstund´ hat zwar mit fortschreitendem Alter im wahrsten Sinne immer mehr Gold im Mund, aber auch zunehmend Blei im Rücken!

Ächzend sammle ich meine morgenmüden Knochen und stoße die hölzernen Fensterläden ganz auf, nur um direkt geblendet vom strahlenden sommerlichen Licht eines wolkenlosen Himmels die Augen schließen zu müssen. Blinzelnd gewöhnen sie sich nur langsam an die Aussicht und ich sehe Claudio, der mit dem Lambo-Traktor und der Fräse von einem gestikulierenden Dieter um die Schuppen dirigiert wird. Er macht die Wundstreifen breiter, während Jonas schon vor dem Geräteschuppen inmitten eines Haufens aus alten Armaturen und Schläuchen neben dem alten Tankanhänger steht.

Der Tag vergeht wie im Flug. Nach dem Frühstück stellen wir fest, dass die Anbaupumpe an den Traktor zwar noch funktioniert, aber dabei eine etwas klagend-quietschende Geräuschkulisse entwickelt. Wir beschließen, angesichts der trockenen Gelenke, Wellen und Schmiernippel, es zunächst einfach mit kräftigem Abschmieren zu versuchen. - Das übernimmt direkt Leonardo, der mit seinem Werkstattwagen gekommen ist und bei der Gelegenheit auch die Befestigungen mit der Dreipunkthalterung des Traktors nochmal besser gängig macht und dazu mit Öl bzw. Fett versieht, damit das Umhängen von Geräten einfacher geht und weniger Kraft benötigt.

Das viel größere Problem liegt aber in den Resten des vorhandenen alten Schlauchmaterials. Das war früher von Claudios Vater mal für Bewässerungen beschafft worden, stammte aus völlig unterschiedlichen Quellen – und besteht jetzt nur noch aus Resten mit völlig unterschiedlichen Bau- und Materialformen, die noch dazu mit den verschiedensten Kupplungssystemen ausgestattet sind.

Ein Teil hat zumeist völlig verbogene Schnellkupplungsverschlüsse aus Metall, die irgendwann mal zu den Rohren des Bewässerungssystems gepasst haben sollten, ein Teil hat unterschiedliche Schlauchkupplungssysteme, sogar deutsche Storz-Kupplungen sind darunter, aber auch andere. Kurz gefasst, das Schlauchmaterial sieht nicht sehr vertrauenserweckend aus.

Der skeptische Ersteindruck wird auch dadurch nicht besser, dass uns beim Pumpentest in der Mittagshitze erfrischend gleich ein paar Meter Schläuche um die Ohren fliegen. Wir werden dadurch zwar abgekühlt, aber sind um ein Problem reicher.

Mitten am heißen Nachmittag sitzen wir später im Schatten zusammen und trinken eine der leckeren geminzten Limonen-Limonaden von Maria.

Claudio war vorhin im Haus verschwunden, weil er irgendetwas suchen wollte. Plötzlich schallt ein dröhnendes Hupen durch das alte Gebäude, das uns fast von den Stühlen reißt und die Vögel der Umgebung nach einer sekundenlangen Schreckstarre in ein wildes Zetern ausbrechen lässt. Wir schütteln noch halb taub unsere Köpfe und fragen uns, was das war, da kommt Claudio grinsend aus dem Hauseingang, schwenkt eine italienische Flagge, trötet wieder und ruft irgendwas wie „Forza Italia", dabei hält triumphierend eine Pressluftfanfare mit angeschlossener kleiner Druckgaskartusche hoch.

„Klaus, Ihr wolltet doch irgendeine Alarmeinrichtung für die Leute hier. Das Ding hört in der Umgebung jeder."

Stimmt, das ist zwar richtig, allerdings kann man sich mit denen in der nahen Umgebung dann auch vermutlich einige Zeit nur noch mit Zeichensprache verständigen, weil die vorübergehend taub sein dürften...

Trotzdem einigen wir uns darauf, als Alarmsignal drei längere Hupsignale von je ca. 2 Sekunden Dauer mit gleicher Pause zu verwenden, das nach 10 Sekunden Pause in der gleichen Folge wiederholt werden soll, zu verwenden. Danach sollen sich alle auf dem Innenhof vor dem

Haupthaus einfinden, um zu erfahren, was passiert ist, wer was macht und wie man konkret vorgehen will.

Die Grundaufgaben sollen in den nächsten Tagen noch verteilt werden und hängen unter anderem davon ab, welches Material wir überhaupt noch bekommen können.

Mitten in die Diskussionen, was wir denn nun womit überhaupt machen können, röhrt wieder eine Staubwolke die Zufahrt zum Anwesen hoch. Sergio kommt mit dem 90er mit Anhänger den Berg hochgefahren - oder sollte man sagen geschlichen? Er scheint angesichts der „Geschwindigkeit" und der hoch drehenden, angestrengt wirkenden Motorgeräusche gut geladen zu haben.

Neugierig stehen wir auf und sammeln uns ein paar Meter weiter unten vor dem Geräteschuppen, um ihn zu erwarten. Da kommt er mit dem völlig verstaubten Fahrzeuggespann und aus der offenen Seitenscheibe winkend auch schon angefahren oder eher geschlichen. Er biegt in der zum Haupthaus führend Linkskurve scharf nach rechts vom Weg direkt zum Schuppen ab, um mit dem kurzen Landrover sofort gegenlenkend einen engen Bogen links herum das Gespann in einem kompletten „U-turn“ zurück zum Weg wieder bergab zu stellen.

Er kurbelt dabei breit grinsend eifrig am Lenkrad und zirkelt das Gespann danach rückwärts hoch bis vor das offene Tor zum Innenhof damit wir dort leichter abladen und das Material im Innenhof gleich sichten können.

Der Anhänger ist mit einer alten rissigen Plane und vielen Schnüren abgedeckt. Er hängt mit seiner Last tief in den Federn. Die großen Auflageflächen der Reifen an der Tandemachse des Hängers zeigen auch an, dass einiges an Gewicht verladen sein muss. Auch der Landrover selbst ist hinten und auf allen Sitzen außer dem des Fahrers bis hoch zum Dachhimmel voll beladen, wie man grob durch die weiß-grau eingestaubten Scheiben erahnen kann.

Sergio öffnet die Fahrertür und schält sich ächzend aus dem Fahrersitz und wischt sich mit dem Ärmel seines ausgewaschenen, aber noch erkennbar blau-weiß-rot-karierten und völlig verschwitzten Hemdes erst mal Schweiß und Staub von der Stirn.

Wir lösen gemeinsam die Verschnürungen der Plane und Sergio zieht sie vom Anhänger. „Un sacco di Materiale!" ruft er. Claudio staunt, „wirklich jede Menge Zeugs, aber was ist das überhaupt alles?".

Auf der langen Ladefläche stehen drei Paletten, auf denen sich eingeschweißt offensichtlich ein paar kleine Motorpumpen vom Typ TS 2/5, Schläuche und weiteres Material befinden.

Wir schneiden mit verschiedenen Varianten von Taschen- oder Einsatzmessern, die irgendwie jeder am Gürtel oder in der Hosentasche zu haben scheint, die stabilen Folien auf, die zum

Lufttransport des Sperrguts angebracht werden mussten. Danach ziehen wir nacheinander vier ältere TS 2/5, einige Stapel extra in Folien verschweißter dickere C- und dünnere D-Schläuche vom Anhänger.

Zwischen den größeren Teilen liegen mehrere C-DCD- bzw. C-DD-Verteiler verschiedener Bauarten, verschiedene Hacken- und auch zwei Köpfe von Feuerpatschen jeweils ohne Stiele und noch einiges an Kleinmaterial wie Schlauchbinden zum behelfsmäßigen Verschließen von Lecks in Schläuchen, unterschiedliche C- und D-Strahlrohre.

Im Landrover hinten finden sich noch weitere Schläuche unterschiedlichster Größe und verschiedene Übergangsstücke. Das Material passte nicht mehr auf den Anhänger und Sergio hatte das am Flughafen von der vierten Palette aus- und in den Anhänger oder auch in den Landy umgepackt.

Wir die Fahrzeuge komplett aus beziehungsweise ab, schneiden die Schlauchrollen auf und stapeln die Schläuche nach Größe. Das andere Material landet erst mal vor der Scheune und wir sortieren es dabei grob in Haufen. Die vier Tragkraftspritzen nimmt sich Leonardo direkt vor, weil sie natürlich für den Lufttransport ohne Öl und Benzin sind, erst wieder damit befüllt und dann überprüft werden müssen.

Dieter nimmt sich die Köpfe der Handwerkzeuge vor. Dafür sucht er mit Claudio im Schuppen und in der Scheune nach passenden Materialien für die fehlenden Stiele.

„Reng-deng-deng" springt der Zweitaktmotor der ersten Tragkraftspritze mit blauen Qualmwolken an und Leonardo grinst ob des Erfolgs wieder breit aus seinem ölverschmierten Gesicht.

Der Nachmittag vergeht wieder viel schneller als wir alle gedacht haben und es ist schon spät, als wir uns geduscht auf der Terrasse treffen. Maria hat bereits den Tisch gedeckt und es riecht schon länger wieder aus der Küche unverschämt lecker.

Leonardo kommt mit einem Haufen Metall aus der Scheune, die auch als Werkstatt dient. Unschwer sind zwei C-Kupplungen auf der einen Seite und eine Schnellkupplung für die Feldpumpe auf der anderen zu sehen, dazwischen sitzt ein, im Verhältnis zu den Kupplungen, wahres Monstrum von verschweißten Rohren mit Niederschraubventilen an den Abgängen. Stimmt, die Schnellkupplungen für die Bewässerungsrohre passen nicht mit den Storzkupplungen der gelieferten deutschen Feuerwehrausrüstung überein. Aber Leonardo hat das offenbar mit ein paar Rohrstücken und Resten der alten Ausstattung passend gemacht. Das Ganze erinnert mich letztlich irgendwie an ein Hirschgeweih.

Außen bis auf ihre Füllhöhe so stark beschlagene Glaskaraffen, dass sich Tropfen bilden, die sich außen an ihnen den Weg zur Tischdecke bahnen, zeigen erfrischend kaltes Wasser an. Weißwein in mit Eis gefüllten, ebenfalls deshalb beschlagenen Metallkühlern steht schon auf dem Tisch und wir schenken uns beides selbst ein. Knuspriges Weißbrot wird in fruchtiges hellgrünes Olivenöl auf flachen beigen Steingut-Tellern mit Salz und frisch gemahlenem Pfeffer getunkt. Dazu gibt es als Vorspeise gegrilltes und in Öl eingelegtes kaltes gegrilltes Gemüse, vor allem geschälte rote Paprika und grüne Zucchini in langen Scheiben. Es herrscht gefräßige Stille.

Dann kommt auch schon die Perle des Hauses in ihrer weißen Kittelschürze. Maria schleppt eine riesige Auflaufform zum Tisch. Die halbierten Zucchini darin sind mit gekräutertem, gebratenen Hackfleisch gefüllt und wurden dann im Ofen mit Käse überbacken. Alles schmeckt wieder hervorragend. Als Ergebnis sitzen wir wenig später gesättigt und erschöpft am Tisch, um trotzdem noch weitere Pläne zu schmieden.

Dieter meint, wir hätten zu wenig Handwerkzeuge, aber er hat Ideen, wie wir aus den kaputten alten Schlauchresten noch etwas Sinnvolles machen können. Er hat auch schon mal ein Muster gebastelt und zeigt es uns. Es handelt sich um eine alte Schaufel mit einem von langer Nutzung völlig abgenutzten und verbogenen Blatt. An das hat er einfach im Viertelkreis über die Spitze gefächerte, ungefähr einen halben Meter lange, der Länge nach aufgeschnittene und damit halbierte Schlauchstücke mit der gummierten Innenseite nach oben und der Leinenseite zum Boden mit Schrauben und

Beilagscheiben befestigt. Das so vergrößerte Blatt hat er auch mit zwei längeren Schrauben und einer Schlauchschelle am Stiel zusätzlich fixiert.

Er demonstriert kurz den Effekt, der ähnlich einer Feuerpatsche aus Metall ist. „Das ist zwar schwerer als die normale Feuerpatsche, aber es wirkt sogar noch besser, weil sich die Schlauchstücke bei unebenem Boden besser diesem anpassen. Hab ich vor einigen Jahren mal in Kroatien gesehen. Wir können so noch ein paar mehr recht schnell und einfach mit dem vorhandenen Material herstellen".

Leonardo hat mit Jonas aus ehemaligen landwirtschaftlichen Nutzungen verschiedene leere IBC-Behälter aus Kunststoff in Metallgestellen auf Paletten gefunden, die sich hervorragend als Behelfstanks auf kleinen LKW oder Pickups oder auch Anhängern nutzen lassen. Sie haben schon begonnen, die nötigen Armaturen zu basteln, um die Tragkraftspritzen mit den Auslassöffnungen der Tanks verbinden und das ganze in einen auf Pickups passenden Rahmen packen zu können. Claudio will morgen versuchen, die Nachbarn dazu zu bringen, dass jeder einen seiner Pickups, von denen sie alle mindestens einen haben, entsprechend ausrüstet.

Die Pumpe für den Traktor funktioniert nun wieder ohne Quietschen und Rappeln. Wir wollen damit aus der Zisterne am Haus Wasser entnehmen. Das Problem ist, dass uns damit natürlich der Traktor für den Pflug fehlt, wenn wir einen Wundstreifen damit ziehen wollen. Traktoren und Pflüge hätten allerdings auch die Nachbarn wie Claudio meint.

Leonardo grummelt nur irgendetwas vor sich hin und meint „attendere - a domani, buena notte", steht ächzend auf, um nach Hause zu fahren. Claudio wundert sich, auf was wir bis Morgen abwarten sollen, wünscht ihm auch eine gute Nacht.

Frutta

Mit lautem Hupen wecken mich schon wieder unschöne Fahrzeuggeräusche aus süßen Träumen von Maria und ihren duftenden Kochkünsten. Ich stoße die Fensterläden auf und sehe gerade noch unseren fülligen, schwarz gelockten Super-Leonardo-Brother grinsend aus dem Führerhaus seines Abschlepp-LKW springen. Auf dessen Ladefläche steht ein rostiger Haufen, der irgendwie nach einem alten deutschen Holder-Schmalspurschlepper mit Knicklenkung aussieht. Ich reibe mir die Augen, was er wohl als fröhlichen Guten-Morgen-Gruß missversteht und mir eifrig zuwinkt, ich solle zu ihm kommen.

Ich ziehe mir schnell meine dreckige Hose von gestern und wenigstens ein frisches T-Shirt an. Danach sprinte ich hoch zum Innenhof, auf dem es schon wieder aus der Küche lecker nach Espresso duftet.

Claudio hat die Spanngurte und das Seil der Bergungsseilwinde auf der Ladefläche vom Traktor-Rosthaufen schon gelöst. Er zerrt gerade dicke Holzbalken von der Ladefläche zwischen die Auffahrrampen des Aufbaus hinten. Die lassen sich offensichtlich nicht schmal genug zusammenschieben, um den alten, passend schmutzig orangenen bzw. vor Rost braunen Schmalspurschlepper, auf dem dann doch nicht

„Holder“, sondern „F'at" steht, auch wieder herunter fahren zu können.

Er deutet mir an, mich hinter die Bohlen zu stellen, um die am Wegrutschen zu hindern. Er selbst krabbelt auf die Ladefläche, um den Traktor zu starten. Der springt nach kurzem, heiseren Orgeln hustend und sich heftig schüttelnd an, stößt dabei dicke schwarze Qualmwolken nach oben aus seinem löchrigen Auspuff aus. Leonardo zirkelt mit einem der vielen Hebel im Getriebe herum. Die Kiste schüttelt sich und er fährt den alten Schmalspur-Traktor ruckelnd und sehr langsam rückwärts über die Rampe und die Bohlen nach unten.

Als er unten ist und grinsend zur Zisterne rattert, fange ich erst an darüber nachzudenken, ob das jetzt den (deutschen?) Sicherheitsvorschriften genügend richtig war... Besser nicht... Irgendwie riecht es verbrannt und die Luft sieht diesig aus. Da eine Quelle nicht auszumachen ist, schiebe ich es auf den alten Traktor und werfe die Bohlen auf die Ladefläche zurück.

Claudio kommt nun auch angelaufen. Er sieht dabei so zerzaust aus, als hätte er bis eben noch mit sich selbst im Bett gekämpft. „Mamma mia, was ist das denn?" fragt er mich, während Leonardo weiter mit dem alten Trecker Richtung Zisterne fährt. Ich habe keine Ahnung und zucke daher die Schultern.

Wir gehen Leonardo hinterher, um zu sehen, was der mit dem Ding vor hat. An der Zisterne klärt sich das im italienischen Wortschwall und unter wildem Gestikulieren zwischen Leonardo und Claudio schnell auf. Leonardo hatte hinter seiner Werkstatt unter anderem Schrott noch den alten Weinbergtraktor seines Vaters. Der alte Fiat 251R hat am Heck auch einen Zapfwellenabgang und eine Dreipunktlagerung, um die Pumpe festmachen zu können. Außerdem sollte er ausreichend Leistung haben. - Und wenn der an der Pumpe an der Zisterne als Quasi-Stationärmotor stehen bleibt, dann haben wir den anderen Traktor wieder für den Pflug frei...

Klasse Idee. Wenn ich mir allerdings Leonardos tief liegende Augen und die Schmiere auf Haut und Kleidung ansehe, am Traktor die frischen Fettspuren an den Schmierstellen, die neue Batterie und einige neue Kabel bemerke, dann wird er mindestens die halbe Nacht damit verbracht haben, das Ding wieder zum Laufen bekommen zu haben.

Plötzlich durchbricht ein dröhnendes Hupen die weitere Montage der Pumpe am neuen alten Traktor. Wir drei sehen uns an, das klang verdammt nach der Fußballtröte von gestern. Leonardo stellt den Motor ab und wir spurten ums Haus, um vor einer grinsenden Maria zu stehen, die nur meint „la colazione e´ pronta"...

Immerhin funktioniert die Hupe auch bei lauter Umgebung und man hört sie auch noch „durch" das Haus. Zum damit angekündigten fertigen Frühstück gibt es frische Früchte, Cappuccino und selbst gemachtes süßes Gebäck sowie frisch gepressten Orangensaft. Zwischendurch hören wir mal wieder das Jodeln einer italienischen Sondersignalanlage und kurz darauf noch zwei weitere Fahrzeuge mit diesen Tönen in größerer Entfernung.

Wir sitzen gerade bei den letzten Resten der morgendlichen Leckereien, da klingelt das Telefon. Maria zieht ohne einen Blick auf das Display ein schnurloses Dect-Telefon der Hausanlage aus der Schürzentasche und meldet sich mit „Agriturismo da Claudio, sono Maria, bongiorno", nach kurzem aber heftigem Gespräch mit „casa bruciato?" reicht sie das Telefon mit finsterer Miene an Claudio, der ihr bei den Worten es auch schon fast aus der Hand gerissen hätte.

Das Telefonat dauert auch gar nicht mehr lang, dann drückt er den Knopf für das Gesprächsende und flucht auf italienisch kurz und heftig vor sich hin. Er blickt in unsere fragenden Gesichter, während Leonardo, der ja alles verstanden hat, schon aufgesprungen ist und sagt tonlos und frustriert wirkend, „los geht's, aber wir kommen eh zu spät, das Haus dürfte mittlerweile abgebrannt sein. Wir nehmen die beiden Landrover. Ich und Leonardo fahren, der Rest steigt zu. Mal sehen, ob wir noch was tun können."

Die Informationshäppchen helfen uns nicht wirklich weiter, daher frage ich, „Claudio, wir haben nichts verstanden, was ist passiert bzw. zu spät und was sollen wir tun bzw. was brauchen wir dafür?" Er antwortet, „wir hatten schon im letzten Jahr begonnen, am Ende unseres Grundstückes so ein altes Casa, oder Rustico, also ein altes Steinhaus als Muster für den Ausbau der Ferienhäuser zu renovieren. Das brennt nach Anruf von der Feuerwehr aber anscheinend gerade ab. Es liegt am Rande unseres Grundstücks an der Nebenstraße nach Cefalú hinter der Kuppe dahinten..."

Wir sind mittlerweile alle hinter ihm her ums Haus zu den Fahrzeugen gegangen und sehen seinem Finger hinterher. Aus dem diffusen Geruch und leichten Rauch ist nun eine dicke Qualmwolke geworden, die hinter dem Hügel aufsteigt, aber unten schon stark weiß eingefärbt ist. Die Feuerwehr ist also schon dort und löscht, wie man am weißen Wasserdampf gut erkennen kann.

Dieter und Jonas greifen sich wortlos die paar Werkzeuge, die wir schon bereit gelegt hatten und werfen die Hacken, Äxte, Schaufeln und die 2 Feuerpatschen, die schon mit Holzstielen versehen sind, hinten auf die Ladefläche des LR 130 CC, den Claudio sich erst mal als Ersatz für den verunfallten Landy geliehen hat. Dann laufen sie wieder zurück zum Haus, um kurz danach mit ihren Rucksäcken und Trageharnischen für Getränkeflaschen und Ausrüstung wieder zu kommen. Daran angeschnallt sind leichte Helme, darin sind je eine ihrer eigenen gelben Waldbrand-Schutzjacken, Handschuhe und ein paar Energieriegel. Dazu werfen wir noch zwei verschweißte Packungen Trinkwasser in den hier üblichen großen Plastikflaschen ins Auto.

Wir springen in die Fahrzeuge und fahren den Weg hinunter zur Straße, den ich mittlerweile schon so gut kenne. Zuerst kommen wir wieder an der Stelle vorbei, an der man noch die Reifenspuren und ein paar Scheibensplitter von unserem „Autoumfall" sehen kann. Kurz bevor wir die geteerte Straße erreichen biegt Claudio in den schmalen Weg ab, den die Feuerwehr vor kurzem genommen hat, um das Strohfeuer zu löschen.

Der schmale und kaum erkennbare Feldweg führt vom Zufahrtsweg und der Hauptstraße wieder weg, zwischen den Hügeln hindurch und wird eindeutig immer schlechter, wird also kaum benutzt. Nach gut 10 Minuten holpernder Fahrt mit heulenden Motoren, schaukelnden und quietschenden Aufbauten, mehreren Beulen an unseren Köpfen, weil wir uns mal wieder nicht vernünftig festgehalten haben, als die Fahrer die Wagen durch die Schlaglöcher prügelten, kommen wir mit quietschenden Bremsen schaukelnd neben einem alten, aus Bruchsteinen gemauerten Steingebäude mit 2 Etagen zu stehen, das leider aus allen Öffnungen und dem durchgebrannten Dach raucht.

Vor diesem stehen die mir schon bekannten Feuerwehrfahrzeuge aus Cefalù, das LF und das alte TLF und ein paar Feuerwehrleute gießen die mehr oder weniger schwarzen Reste noch mit lust- und drucklos plätschernden Wasserstrahlen.

Wir sehen uns alles genauer an. Es gibt für uns da eindeutig erst mal nichts zu tun. Weil offensichtlich früh das Dach durchgebrannt ist, kann man vermutlich die Mauern des eigentlich ganz netten Bruchstein-Altbaus retten, wenn sich keine zu große Hitze entwickelt hat und die Steine und der Mörtel damit noch nicht gesprungen sind.

Nach einigen Worten mit der Feuerwehr geht Claudio los, um das Gebäude zu umrunden und den Schaden auch von hinten zu sehen. Kurz danach kommt er schon wieder hinter dem Haus hervor und hat einen verschmolzenen und teilweise verbrannten ehemals gelben 5 L Benzinkanister aus Kunststoff in der Hand. „Der Kanister stammt auf den ersten Blick nicht von uns. Wir haben andere und die Arbeiter haben hier in den letzten Wochen der Schlussrenovierung meines Wissens auch nichts mit Benzinmotoren gemacht. Ich rufe die Carabinieri an."

Claudio zieht schon sein Handy, um die lokale Polizei oder tatsächlich die Carabinieri des Innenministeriums zu rufen, da fragen Jonas und ich fast wie aus einem Mund, „wo hast Du den gefunden?". Claudio zeigt hinters Haus und sagt „rechts neben der Tür hinter dem Haus".

Jonas und ich stiefeln los, um uns da mal umzusehen, während die Feuerwehr Cefalú schon das LF belädt und abfahrbereit macht, um möglichst schnell damit wieder einsatzbereit zu sein. Bei der Trockenheit und der Zahl der Brände ist das sicher eine mehr als sinnvolle Maßnahme. Für die Nachlöscharbeiten reicht das verbleibende TLF leicht aus. Zumal wir ja auch noch helfen können.

Hinter dem Haus hatte Claudio offensichtlich eine neue und von der Straße durch das Haus sichtgeschützte Terrasse in Südwestlage schon mit Bruchsteinen befestigen lassen, die mal eine Art Gartenterrasse werden sollte. Wir stehen auf dem gekiesten Untergrund und sehen uns um.

Die verglaste Terrassentür ist komplett hinüber, der Rahmen ist von innen angebrannt, das Glas gesprungen und liegt am Boden.

Das Fenster links ist noch intakt aber von innen rußgeschwärzt, vermutlich ist dann das dort liegende Zimmer nicht so stark vom Feuer betroffen.

Das Fenster am Zimmer rechts von der Tür ist dagegen ebenfalls von innen komplett verkohlt und auch außen zum Teil verbrannt, vor allem die obere Hälfte ist auch außen schwer durch das Feuer beschädigt. Das Glas des Fensters liegt aber zum größten Teil im völlig ausgebrannten Zimmer.

Jonas sieht mich an, „denkst Du auch was ich denke?" - ich nicke. Die Scheibe wurde offensichtlich von außen eingeschlagen und dann innen Feuer gelegt, das scheint auf den ersten Blick eine einfache Erklärung für das direkt erkennbare Spurenbild zu sein...

Vier Tage später hat sich die Aufregung um das Feuer gelegt, die Polizei hat ein paar Fotos gemacht, Claudio seine Aussage zu Protokoll gegeben. Man hat ihn kritisiert, weil er den Kanister bewegt und angefasst hat und damit die Spurenauswertung erschwert hatte. Man hat sogar noch Kriminaltechniker als Spurensucher aus Palermo bestellt, die hatten aber keine Zeit und so scheint auch das wieder zu versanden.

Immerhin haben wir die tragbaren Motorpumpen vom Typ TS 2/5 nun mit jeweils ein paar Schläuchen, einem kleinen Wassertank aus einem IBC-Behälter, ein paar Rohrstücken, Kunststoffschläuchen und Schellen sowie ein paar C- und D-Schläuchen, D-Strahlrohren und je einem C-DD-Verteiler und ein paar Handwerkzeugen zu Sets zusammengestellt bzw. -geschraubt. Sie waren auf zwei von Claudios Pickups, dem gemieteten langen Landrover 130 CC und den mittlerweile wieder grob reparierten alten S III sowie einem neueren Toyota und einem älteren Santana PS 10 der nächsten Nachbarn verteilt.

Insbesondere der S III mit seiner völlig verkratzten linken Seite, den tiefen Beulen und ohne Frontscheibe sah ohne Dach und mit nach vorne geklapptem Frontscheibenrahmen richtig abenteuerlich aus. Die kaputten Blechteile waren beim Karosseriebauer, die Scheiben über diesen bestellt, aber alles hatte, wie zu erwarten, längere Lieferzeiten. Die Bremsen und der Rest der Technik vom Fahrzeug hatte Leonardo aber wieder repariert bzw. überprüft und er knattert nun wie eh und je, allerdings noch mehr und lauter klappernd, durch die Gegend.

Leonardo hat noch zwei handwerklich ganz geschickte Arbeiter aufgetrieben, die uns jetzt natürlich eine wertvolle Hilfe bei den Bastelarbeiten an den Fahrzeugsets sind. Es muss für jeden Wagen eine passende Aufnahme geschweißt werden, in der jeweils einer der Tanks, eine kleine tragbare Pumpen sowie das Zubehör einigermaßen passend und stabil verlastet werden kann.

Das klappt ganz gut und die alten kleinen Pumpen laufen nach ihrer Inbetriebnahme auch recht zuverlässig, wenn man richtig mit ihnen umgeht. Claudio ist daher von den Mechanikern so positiv überzeugt, dass er überlegt, ob die ihm später mit dem Bootshafen weiter helfen könnten.

So ist nun praktisch jeder Pickup zum Mini-Tanklöschfahrzeug aufgerüstet und kann gut für einen ersten Angriff oder für die Unterstützung von Kräften mit Handwerkzeugen oder für Nachlöscharbeiten an Glutnestern usw. eingesetzt werden. Die Kollegen der Feuerwehr Cefalú finden das auch gut, weil sie solche Fahrzeuge, wenn auch natürlich besser ausgebaut, in anderen Feuerwehreinheiten Italiens und auch vom

Zivilschutz selbst schon gesehen hatten. Cefalú hatte aber bisher keines dieser Fahrzeuge erhalten, weil die Topographie bzw. die großen Flächen eher größere Fahrzeuge für die Feuerwehr sinnvoller machten.

Jonas und Dieter haben allen gezeigt, wie die Pumpen und die Armaturen zu bedienen sind. Außerdem gibt es jeden Tagen immer vor und nach dem Mittagessen ein bis zwei Stunden Vorführungen und Übungen, wie man mit den Geräten ein Bodenfeuer schnell bekämpfen kann - und ab wann man besser wegbleiben sollte.

Wir einigen uns in mehreren Diskussionen darauf, dass Flammenhöhen von mehr als 1 m nicht mehr mit den Feuerpatschen angegriffen und alle Brände möglichst von der Seite und nicht von vorn oder gar von oben angegriffen werden sollten.

Uns erscheint aufgrund der Trockenheit und ständigen Gefahr von Windböen die Gefahr zu groß, dass die nicht als Feuerwehrleute ausgebildeten und nur behelfsmäßig ausgerüsteten Helfer die Gefahren von höheren und dann mit Wind auch schnell viel längeren Flammen, oder mit dem Wind dann weiter getriebenen brennenden Gasen oder Partikeln unterschätzen und sich damit in große Gefahr begeben können. Keiner will, dass sich einer davon Verbrennungen oder gar durch Einatmen heißer Brandgase ein lebensgefährliches Inhalationstrauma holt, um letztlich "nur" eine

Wiese, ein Feld, einen Olivenhain, oder auch ein Haus zu verteidigen.

Claudio schlägt vor, jetzt nachdem die wichtigsten Dinge erledigt scheinen, zusammen mit den Nachbarn und den mittlerweile ganz gut bekannten Kollegen der Feuerwehr Cefalú ein "kleines" Essen zu machen.

Und so haben wir an diesem Abend den für unsere Verhältnisse riesigen Grill aus Metall vor dem Haus aufgebaut. Letztlich ist der Grill nichts anderes, als eine von altem Ruß geschwärzte Eisenwanne mit ca. 20 cm hohen Wänden und einem guten Quadratmeter Fläche, aufgestellt auf vier, durch grobe Gewindestangen verstellbare Füße.

Auf diesem Grundgestell befindet sich ein, aufgrund der Größe zweigeteiltes und auf Zwischenstützen aufliegenden stabiles Gitter aus Edelstahl.

Ein größerer Haufen trockenes Holz zum Anheizen sowie armomatische Olivenholz liegt schon im Grill bzw. daneben. Claudio hat die Nachbarn und die Feuerwehr eingeladen, weil sich der Aufenthalt der deutschen Helfer langsam dem Ende zuneigt. Dieter und Jonas müssen in den nächsten Tagen abreisen, der späteste Termin ist in drei Tagen, da sie am nächsten Tag dann schon wieder ihren Schichtdienst antreten mussten.

Maria sorgt in all dem Trubel durch klare Aufträge für weitere Beschäftigung. Die einen müssen eine große Tafel aus allen Tischen, Stühlen und Bänken, die sich an verschiedenen Stellen im und um die Gebäude finden, im Hof zusammenstellen. Andere sollen ein paar typisch italienisch bunte, kitschige Lichterketten in die Büsche und Bäume hängen. Sie selbst werkelt wild in der Küche, legt riesige weiße Laken als Tischtücher aus und scheucht gelegentlich einen von uns in den Kräutergarten oder beauftragt ihn mit Nebentätigkeiten wie Salat putzen oder Zwiebel schälen.

Jeder ist voll beschäftigt, als Claudio mit sorgenvoller Miene um die Ecke der Terrasse kommt. "Ich hatte gerade einen komischen Anruf", sagt er mit belegter Stimme, "ich habe in den letzten Monaten ja mehrere Kaufangebote für unsere Grundstücke hier erhalten. Man hat mir nun eben dringend am Telefon geraten, sie endlich anzunehmen, weil das Leben hier in Sizilien auch mit und für Freunde gefährlich werden könnte."

Ich blicke ihn schockiert an, "Claudio, das ist ja eine echte Drohung, Du musst das der Polizei sagen, das passt leider zu den Ereignissen der letzten Wochen oder Tage." Er nickt, "ich hab Gaetano, den Chef der Carabinieri hier, schon angerufen, ich hatte ihn sowieso mit eingeladen, er kommt jetzt etwas früher. Ich frage mich trotzdem, ob ihr nicht besser früher als später abreisen solltet, weil ich nicht will, dass ihr hier mit reingezogen werden." "Claudio, das sind wir doch schon und in ein paar Tagen bist Du uns sowieso los", erwidere ich und versuche ein vermutlich eher verkrampft wirkendes Lächeln.

Der Abend beginnt mit dem Eintreffen bzw. Auftritt der Polizei - oder sagen wir angesichts der italienischen Verhältnisse mit mindestens vier verschiedenen Polizeien einem Teil davon. Capitano Gaetano Rapunza von den Carabinieri kommt in einem ehemals frisch polierten dunkelblauen Alfa Romeo-Streifenwagen mit Fahrer vorgefahren. Beide tragen die unvermeidliche Pilotensonnenbrille vor den Augen.

Der Capitano steigt im Innenhof aus der Beifahrertür und setzt sich sofort mit einer geübten Bewegung die schwarze Schirmmütze auf. Unglaublich mit welcher Grandezza Italiener ihre Uniform zu tragen vermögen.

Es ist mir schon früher aufgefallen, dass für deutsche Verhältnisse jeder Streifenpolizist in Italien nicht nur wie ein General aussieht, sondern sich auch so verhält. Rote Streifen auf schwarzer Uniformhose über auf Hochglanz polierten schwarzen Schuhen, darüber eine saugend passende, daher vermutlich maßgeschneiderte Jacke mit drei silbernen Sternen auf den breiten Schulterklappen und einem dicken Kragenspiegel mit viel gewirktem silbernen Gewebe und natürlich eine schwarze Lederkoppel mit Dienstpistole.

Glücklicherweise kannte Claudio diesen Gaetano auch schon einige Zeit. Da die Carabinieri als militärische Organisation mit auch zivilen

Polizeiaufgaben zum Beispiel im Strafrecht oder bei Mafiadelikten doch recht häufig versetzt werden, war das eher Zufall, wie er mir schon nachmittags erklärt hatte. Immer noch nicht habe ich aber verstanden, was denn nun die Polizia Municipale bzw. Stradale von den Aufgaben der Carabinieri unterscheidet, irgendwie scheinen die in weiten Teilen das Gleiche zu machen.

Capitano Rapunza kannte die Berichte zu den Feuern schon, aber Claudio erzählt ihm danach wie abgesprochen auch zum ersten Mal den Unfall mit dem Landrover und den defekten Bremsen. Natürlich ohne zu erwähnen, dass Leonardo das Fahrzeug vorher und nachher repariert hatte, aber doch so intensiv geschildert, dass der Miene des Capitano nach durchaus Interesse daran bestand.

Capitano Rapunza spricht mich direkt nach Claudios intensiver italienischer gestenreicher Debatte selbst auf Englisch an. "Sorry, I´m not able to speak German, could you tell me about the accident´äh. Where was you´äh - in the car too?"

Und so schildere ich ihm in Englisch meine Version, die natürlich auch "Leonardo-frei" gestaltet ist, aber die vorherige Fahrt rund um den Ätna mit einwandfreien Bremsen enthält.

Mittlerweile hat der Fahrer den Dienstwagen unten vor der Remise geparkt und kommt den Weg hoch gegangen. Er sieht durch sein weißes poliertes Lacklederbandelier quer über die Schulter auf seiner dunklen Uniform für den Normaleuropäer fast wichtiger aus, als der Capitano.

Nun lassen wir den Capitano mit Claudio seinen heute vermutlich noch recht angenehmen Job tun, wo er Leckeres mit Nützlichem verbinden kann und widmen uns den weiteren Vorbereitungen. Mit einem dicken Gasbrenner, wie ihn in Deutschland Dachdecker benutzen, ist das trockene Bretterholz im Grill schnell entzündet und im hellen Vollbrand. Darauf lege ich ganze Aststücke von trockenem Olivenholz, das sofort einen aromatischen Geruch verströmt. Jeder deutsche Baumarktgrill würde allein vom Gewicht des Brenngutes in die dünnen Blechknie gehen.

Wir wollen heute Fleisch grillen, ich hatte vor Jahren in der Toskana den "Trick" für Bistecca Fiorentina auf einem Agriturismo abgeguckt und mit Claudio besprochen, dass wir das mal versuchen wollen. Leonardo meinte gestern, er wüsste tatsächlich auch in Cefalú einen Metzger, wo man gutes, abgehangenes Rindfleisch bekommen sollte, das natürlich auf Sizilien mindestens so gut wie das in der Toskana sei. Nun ja, auch in Sizilien breitet sich der Tourismus immer weiter aus, damit steigen auch die Variationsansprüche an die Gastronomie, wenn man sich von der Konkurrenz abheben will. "Nur-Fisch" oder Kaninchen oder Spanferkel reicht dann vielen nicht mehr.

Die Gäste treffen ein und werden von Maria und Claudio versorgt. Für alle gibt es entweder geeiste und geminzte Zitronen-Limonade, die auch die Carabinieri gern zu trinken scheinen, oder ein kaltes Bier, was wir auch am Grill in der Hitze gern zu uns nehmen.

Von unten nähert sich noch ein lautes Fahrgeräusch, es scheint ein kleinerer Motor zu sein. Passend zum Italo-Klischee schießt ein alter dunkelblauer Fiat 500 um die Ecke und bleibt einfach vor dem Schuppen stehen. Aus dem Cinquecento klettert fröhlich winkend ein schreiend buntes Kleid.

Ich stutze kurz, dessen Inhalt habe ich schon mal gesehen und der sieht auch in diesem dünnen Kleid unverschämt gut aus.

Breit lächelnd kommt Rafaela, die Pfirsichhautfrau vom Café unterhalb des Ätnas auf uns zu, breitet die Arme aus - und stöckelt hüftschwingend auf Highheels gekonnt an allen vorbei, um Claudio zu umarmen, der dabei irgendwie gar nicht mehr so selbstsicher wirkt.

Ich möchte wetten, Leonardo beißt sich bei seinem Gesichtsausdruck gerade auf die Lippen, um ihr nicht laut hinterher zu pfeifen.

Der große Tisch hat sich wenig später mit den Gästen gefüllt. Maria fördert mit Claudio die Antipasti aus der Küche, irgendwie hat sich Rafaela direkt als Hilfe dazu gesellt.

Es gibt wieder leckeres gegrilltes Gemüse, frisches Brot, Olivenöl, Oliven in verschiedenen Formen und Geschmäckern. Als Zwischengang serviert sie uns Spaghetti mit einer einfachen selbst gemachten Tomatensauce mit Zwiebeln, Speck und Rotwein, genannt All´Amatriciana, die den ganzen Tag eingekocht ist und aus der man die Sonne der sizilianischen Tomaten schmeckt.

Im Gegensatz zur deutschen oder niederländischen Gewächshausvariante braucht diese Sauce mit den richtigen Tomaten nach dem Einkochen keinen Zucker mehr, um nicht etwas bitter zu schmecken.

Dieter, Jonas und ich betrachten die Szene alle gleich mit einem lachenden und einem weinenden Auge. Jeder wünscht sich solche Gastfreundschaft, solche Gegend, solches Essen, aber keiner solche Probleme...

Leonardo und Claudio schleppen danach zwei Tabletts mit den von dünnen Fettadern marmorierten, natürlich nicht in irgendein Öl oder irgendwelche Gewürze eingelegten, gut zwei bis drei Zentimeter dicken Steakscheiben an.

Wir stehen wieder am Grill und warten schon darauf. Dicke Lederhandschuhe schützen die Hände und Unterarme vor der Glut aus dem Grill, die wir eben gleichmäßig verteilt haben.

Die Glut fliegt durch den immer weiter auffrischenden Wind am Grillplatz neben der Terrasse wild umher. Wir haben aber dafür gesorgt, dass der Grill weit genug von aller brennbaren Vegetation entfernt aufgestellt wurde und trotzdem etliche Eimer mit Wasser bereit stehen.

Claudio steht plötzlich neben mir, er will natürlich sehen, was ich mit dem Grill bzw. Fleisch treibe. „Sag mal, wo kommt denn so plötzlich...“, beginne ich, er weiß natürlich genau, was ich meine und antwortet fast hastig, „naja, ich kenne sie ja schon länger, sie hat auch Familie hier. Vor einigen Tagen hatte sie mich mit einem Anruf überrascht, um zu hören, wie es uns geht. Danach haben wir noch ein paar Mal telefoniert. Sie wollte das Wochenende ihre Verwandten hier besuchen, da hab ich sie spontan eingeladen, aber nicht gedacht, dass sie wirklich kommen würde. Sie hat aber schon von ihren Leuten gehört, dass wir hier ziemlich Stress haben und ihre Hilfe schon angeboten.“

Ich stelle mir unbewusst das Persönchen im Kleid mit den Schühchen an einer Feuerpatsche vor, für uns sicherlich ein netter Anblick, vor allem in der dazu gedachten Bewegung. Im Endeffekt wäre das aber eher als eigengefährdend zu vermuten und daher leider wohl so nicht umzusetzen.

Nun ja, es gibt Wichtigeres; die Glut ist fertig. Der Rost wird auf mein Kommando von Dieter, Jonas und mir mit mehreren Eisenstangen hochgehoben und über der Glut auf dem Grillkörper abgesenkt. Nach einiger Zeit ist er durcherhitzt und der Grill nun fleischbereit.

Mit extra langen und am Nachmittag noch aus Stahlresten hergestellten Eisengabeln legen wir das Fleisch von links hinten nach rechts vorne in Reihen auf den Grill. Beim ersten Stück hab ich auf dem IPhone den Wecker auf 7 min gestellt - und jetzt heißt es Nerven bewahren und hoffen, dass das Holz ungefähr genauso wie in der Toskana brennt, der Abstand passt und das Fleisch gut ist und ich nicht zu ungeduldig bin, oder zu langsam im Wenden....

Natürlich kann ich es nicht erwarten und mit einer Taschenlampe - mittlerweile ist es dunkel geworden und die Terrasse ist durch die Lichterketten in buntes Schummerlicht getaucht - untersuche ich immer wieder die Unterseiten der Fleischstücke, ob sie nicht doch verkohlen, statt dunkelbraun-knusprig zu werden.

Es scheint aber alles gut zu verlaufen, die Unterseiten werden zwar immer dunkler, aber eben nicht schwarz. Der Wecker klingelt und wir beginnen die Fleischstücke in der gleichen Reihenfolge umzudrehen, wie wir sie aufgelegt hatten. Der Anblick lässt uns schon das Wasser im Mund zusammen laufen.

Nach weiteren 7 Minuten beginnen wir die Stücke ohne Knochen vom Grill zu nehmen.

Als erklärter Fleischliebhaber wird Leonardo sie nach einer kurzen Ruhephase unter Alufolie in der Küche in ca. 1 cm breite Streifen schneiden, mit grobem Meersalz, frisch gemahlenem Pfeffer und etwas sehr gutem Olivenöl würzen. Danach kommen die Scheiben nur noch auf Teller mit Salatblättern, die direkt von Maria und Rafaela an den Tisch gebracht werden.

Natürlich setzt dazu sofort ein wildes Gewusel ein, weil es schnell gehen soll, alle Hunger haben und deshalb zur Beschleunigung helfen wollen - wenn so nicht mit Taten, dann doch zumindest mit Worten. Parallel klingelt noch das Telefon von Nikolai, der sich aber zum Telefonieren direkt ums Haus verzieht, weil auf der Terrasse der Lärm einfach zu groß ist.

Die Stücke mit Knochen stellen wir noch auf denselben hochkant auf den Grillrost und lehnen sie aneinander, damit sie sich gegenseitig stützen. "Dottore Fiorentina", ein Buchhändler aus Florenz mit Spaß am Kochen im Agriturismo in der Toskana meinte damals, das gäbe ein besseres Aroma.

Claudio verteilt Karaffen mit Nero dÁvolo, dem Rotwein aus der Umgebung der in Sizilien typischen Weinsorte. Der ist auch etwas gekühlt, weil er aus dem Keller kommt und passt hervorragend zum Fleisch, das glücklicherweise hält, was ich uns zwar versprochen, aber selbst noch mehr gehofft habe.

Stunden später hängen wir nach ein paar weiteren Kleinigkeiten und mehreren Gläsern eiskaltem sizilianischem Averna Kräuterlikor mit oder ohne

Eis und Zitronenscheibe satt in den Stühlen und der Abend neigt sich dem Ende zu.

Wir verabschieden nach und nach die Gäste, helfen Maria beim Aufräumen und löschen den Grill mit den Eimern bereitgestellten Wassers ab. Kräftige Dampfwolken ziehen in Schwaden davon und sorgen nun spätestens dafür, dass die "Grilljungs" wie Geräuchertes riechen - und zum Teil auch so aussehen.

Wir zerren den Grill danach von der Terrasse weg über die Durchfahrt zwischen Hauptgebäude und Geräteschuppen, damit es am nächsten Morgen nicht schon beim Frühstück nach Rauch riecht.

Leonardo und die beiden Nachbarn wollen danach doch nicht mehr nach Hause fahren, weil selbst ihnen nach dem ganzen Vino nicht mehr wohl dabei ist. Maria bringt sie in einem der Nebengebäude unter, das sie voraus-schauend und vorsorglich schon mit Stephanie und Tereza am Nachmittag dafür hergerichtet hatte. Nikolai will dagegen selbst spät abends nochmal in die Stadt, um Freunde zu treffen und knattert mit seinem alten Moped den Weg hinunter. Eine späte Dusche erfrischt uns dann zumindest in Bezug auf den Geruch und das Wohlbefinden, so dass wir sauber, aber müde weit nach Mitternacht endlich in die Betten fallen.

"Fuoco - Fuoco!", ich träume wieder wilde Dinge, Frauen die um Hilfe rufen. "Claudio, Klaus - Fuoco - Fuoco!". Jetzt sprechen die Frauen in meinen

Träumen schon italienisch und hören sich an wie Maria. - Maria?

"Fuoco - Merda!" In keinem meiner Träume hat eine Frau geflucht. Ich mache die Augen auf und höre weiter Maria laut rufen und wild durchs Haus laufen. Mein Fenster ist auf, um frische Luft einzulassen, aber was ich rieche, ist leider alles andere als frisch, sondern eindeutig Brandrauch. Ein Blick durch die Lamellen der geschlossenen Fensterläden und ich sehe die gesamte Ecke der hölzernen Scheune außen voll in Flammen stehen.

Das ist leider genau die, wo wir den Grill abgestellt hatten. Automatisch durchläuft es mich heiß und kalt. Ähnlich wie zuerst nach dem gerissenen Federdämpfer klopft alle Grundschuld der Welt in meinem Herz.

Haben wir den Grill doch nicht vernünftig abgelöscht und der Wind, der nun noch stärker weht, hat die Glut angefacht und das Holz des Schuppens entzündet?

Mist!

Schnell aus dem Bett. Im Haus wird es immer lauter, ich höre aus dem Stimmengewirr eindeutig auch schon die von Claudio. Schnell die noch vom Grillen dreckige Arbeitshose angezogen und die leichten Bergschuhe geschnürt, die ich eigentlich zum Wandern und Stöbern in alten Ruinen dabei hatte, jetzt aber fast immer getragen hatte, wenn wir an den Geräten gebastelt oder im Feld geübt hatten und im Laufen noch eine Arbeitsjacke angezogen.

Direkt eile ich aus meiner kleinen Wohnung auf die durch alle Lampen hell beleuchtet Terrasse. Dort kommen auch schon Leonardo mit Claudio in T-Shirt und Shorts und Schuhen, während Maria in einem Zelt von Nachthemd und offensichtlich darin natürlich in stabiler Unterwäsche schon da steht und weiter auf italienisch zetert.

Als absoluter Gegensatz dazu taucht nun hinter Claudio auch Rafaela in Flipflops und einem zu großen und nur halb zugeknöpften weißen, im Gegenlicht auch noch halb durchsichtigen Männerhemd auf, dass sie sich trotz der Situation irgendwie lässig mehr oder weniger zuhält.

Ich rufe ihnen zu, "Leonardo soll den Traktor an der Zisterne mit der Pumpe anwerfen, daran schließen wir ein paar Schläuche an, Claudio hol den Pickup mit dem Tank und der Ausrüstung und einer muss die Feuerwehr anrufen – und zieht Euch was anderes an!"

Claudio antwortet "schon passiert – die Feuerwehr, Anziehen? Warum?", zwar finde ich den Anblick von Rafaela, der nun unübersehbar kalt zu sein scheint, auch nicht abstoßend, aber ... „weil der Funkenflug sonst blöde Effekte auf Eure Haut haben kann und Synthetik-Wäsche leicht brennbar ist und Ihr das lieber nicht ausprobieren wollt!“ gebe ich fast verärgert zurück.

Die drei laufen ins Haus zurück, vermutlich um meine Worte zu beherzigen, aber auch um hoffentlich die Schlüssel für den Wagen zu holen.

Jonas und Dieter rennen den kurzen Weg vom Nebengebäude zu uns hoch. "Wir haben den Lärm gehört und danach das Feuer gesehen, was ist los?" fragt Jonas. "Ich habe vermutlich den Grill nicht richtig abgelöscht", stoße ich bitter hervor. Jonas schüttelt den Kopf, "Du hast die Holzbrocken und Kohlereste nicht gelöscht, Du hast sie im Wasser ertränkt. Das war niemals der Grill!"

Wir verschieben die Diskussion auf später, denn Leonardo hat den alten Fiat-Traktor an der Zisterne angeworfen und Claudio kommt mit dem 130CC im ersten Gang hochgejault.

Wir öffnen die Heckklappe und greifen uns ein paar Schläuche. Jonas bestimmt "Dieter und ich gehen nach vorn, besorg uns Wasser". Er packt sich 2 dünne D-Schläuche und das beste D-Rohr, eines der modernen Hohlstrahlrohre mit gut 100 L/min Wasserleistung. Dieter greift sich eine Axt und eine stabile Gartenhacke, die wir bei den Übungen zum Aufgraben von Wundstreifen genutzt hatten.

Langsam komme ich auch auf Touren. Wir brauchen ausreichend Wasser für den Löschangriff auf das Gebäude, wenn der noch Sinn haben soll, muss es auch schnell gehen. Also den C-DCD-Verteiler von der Ladefläche direkt neben das Fahrzeug werfen, zwei der dickeren, doppelt gerollten C-Schläuche nehmen, einen Richtung ratterndem Traktor auswerfen. Die eine Kupplung sofort am Verteilereingang angeschlossen und mit der zweiten Kupplung und mit dem zweiten Schlauch und zwei Kupplungsschlüsseln dem Schlauch in Richtung Pumpe hinterherlaufen. Als der erste Schlauch zu Ende, aber die Pumpe noch gut 5 m entfernt ist, schnell den zweiten auswerfen, beide zusammenkuppeln und den zweiten Schlauch dann am schon vor Tagen montierten C-Abgang-Übergangsstück der alten Feldpumpe angeschlossen.

Kaum ist die Kupplung fest, öffne ich diesen Abgang mit dem einfachen Hebelverschluss. Sofort füllt sich die verlegte Leitung aus zwei C-Schläuchen bis zum noch geschlossenen Verteiler mit Wasser und windet sich dabei wie eine Riesenschlange auf der Zufahrt. Nicht gerade das, was die Ausbilder in einer Feuerwehrgrundausbildung sehen wollen würden, aber es funktioniert.

Ich laufe zurück nach oben. Jonas hat die D-Schläuche natürlich mittlerweile auch schon aneinander und an den Verteiler gekuppelt, am Ende das Strahlrohr angeschlossen. Dieter öffnet den Verteiler, kaum dass Wasser dort ankommt.

Es beginnt der Tanz mit dem Feuer, den beide so gut beherrschen. Jonas versucht als erstes mit einem Vollstrahl die von der Wand unters Dach züngelnden Flammen zu löschen und pinselt gleichzeitig immer wieder über die brennenden Bretter der Außenwand hinweg, um die Intensität zu nehmen. Der Wasserstrahl bleibt dabei in ständiger Bewegung.

Ich greife mir Claudio und die ihm nicht von der Seite weichende Rafaela, die beide tatsächlich in langen Arbeitsklamotten und offenbar passenden stabilen Wanderschuhen kaum wiederzuerkennen sind. Gemeinsam zerren wir vier weitere D-Schläuche und ein Strahlrohr vom Wagen, damit die beiden vom Verteiler eine zweite längere Leitung verlegen können, um beweglicher zu sein, sogar damit bei Bedarf um das Gebäude zu kommen.

Claudio nimmt das Strahlrohr und ich ziehe – in englisch und mit Händen und Füßen Rafaela versuchend zu erklären, wie sie uns helfen kann, die Schlauchreserve in einen weiten Bogen. Das verhindert, dass der dünne D-Schlauch knickt.

Kaum ist der Schlauch geöffnet, ahme ich mit Claudio einfach Jonas und Dieter nach. Wenig später sieht man schon einen deutlichen Effekt. Über die Flanken des Feuers gelingt es uns in wenigen Minuten, so das Feuer wirklich zu kontrollieren und immer weiter einzudämmen. Jetzt kommt Dieter auch nahe genug heran, um an der Unterseite der Wand mit der Hacke die am stärksten angebrannten Bretter zu lösen, damit auch Wasser nach Innen gelangen kann.

Ich gehe mit Claudio zum Eingangstor des Holzschuppens, um dieses zu öffnen. Dicker, heller Qualm kommt daraus hervor. Offensichtlich und glücklicherweise aber eher Wasserdampf als Brandrauch.

Claudio läuft auf meine Anweisung um den Schuppen, um auch die hintere Tür zu öffnen. Durch den leichten, ablandigen Wind Richtung Meer verbessert sich so schnell die Sicht.

Die Strahlrohre werden nun nur noch gezielt geöffnet, um wieder aufflammende Glutnester zu löschen, oder wenn Dieter mit der Hacke unter Brettern welche aufdeckt. Rafaela hat schnell verstanden, wie wir arbeiten und hilft nun jeweils Jonas oder mir, die Schläuche zu den Stellen zu bewegen.

Maria hat mittlerweile die komplette Beleuchtung auch in der Zufahrt und am Schuppen angeschaltet und wir sehen, dass zwar die Ecke des Schuppens schwer angekokelt ist und sicher komplett neu gemacht werden muss, aber wir gerade noch schnell genug waren, um den Übergriff nach Innen und damit den wahrscheinlichen Totalverlust zu verhindern.

Aus der Ferne hören wir kurz darauf schon das bekannte und immer noch leicht asthmatische Horn des Löschfahrzeugs der Feuerwehr aus Cefalú näher kommen. Als die Kollegen wenige Minuten später eintreffen, brauchen diese schon fast nichts mehr machen. Nur ein Trupp kontrolliert doch noch unter Atemschutzgeräten von innen die Gebäudeecke der Scheune und löscht dort nochmal sicherheitshalber mit unserem Strahlrohr nach.

Als wir uns danach im Innenhof im Licht treffen, sehen wir alle aus, wie die Heizer eines Dampfschiffes. Nach Rauch stinkend, von oben bis unten verrußt und klatschnass von Wasser und Schweiß.

Bitterino

Die Nacht ist dann doch sehr kurz gewesen. Viel geschlafen hat nach der Aufregung keiner mehr, Wir haben daher mit Maria schon sehr früh eine Waschmaschine angeworfen, um unsere vom Brandrauch stinkenden Klamotten zu waschen. Mit dicken Augenrändern sitzen wir getarnt, also sonnenbebrillt beim ersten Cappuccino oder Espresso in der Sonne auf der Terrasse. Ich bin immer noch innerlich unruhig, weil ich ein schlechtes Gewissen wegen des Grills habe.

Jonas ist aufgestanden und schleicht schlurfend im Hawaiihemd, Bermuda-Shorts und Badelatschen mit dicker Sonnenbrille auf der Nase um die Scheune. An der Ecke mit dem Haufen aus Holz- und Grillresten ruft er mich, „Klaus, komm mal rüber“. Ich nehme noch einen Schluck Cappuccino und gehe zu ihm.

Er stochert mit der gestern liegen gebliebenen Hacke zwischen den verkohlten Resten auch der von uns in der Nacht noch herausgerissenen angebrannten Holzbretter der Außenwand der Scheune und zeigt auf die Brandspuren.

„Wir hatten gestern Nacht doch den Wind Richtung Meer, richtig?“ „Ja“, erwidere ich, „das scheint hier regelmäßig so zu sein, tagsüber auflandig, später in der Nacht dann Umkehrung der

Windrichtung, liegt an den verschiedenen Temperaturen von Wasser und Boden."

Er grinst, „Du kannst Deine Bedenken über den Grill vergessen, der stand nämlich ziemlich genau da, wo er jetzt auch steht, wir haben den gestern ja nur ein Stück von der Wand weggezogen, als wir Löschen waren, oder?" Ich nicke und sehe nun auch, was er mit der Hacke an der Holzwand des Schuppens anzeigt. Ungefähr zwei Meter rechts vom Grill, also vom Meer weg, sieht man die stärkste Brandzehrung und von dort laufen die Brand und Schmauchspuren sowie die Verrußung schräg nach links oben, also zum Meer hin.

„Das Feuer hat vermutlich hier begonnen, das liegt aber auf der falschen Seite vom Grill, es würde sich nie gegen den Wind so ausbreiten. Der Stapel mit den Holzresten davor war das Brennholz, das wir gestern für den Grill nicht mehr benötigt hatten. Da scheint das Feuer also angefangen zu haben. Wenn da also von uns keiner den Stapel angezündet hat, oder die Glut vom Grill drauf gekippt hat, muss das jemand anders gewesen sein, weil es keine andere mögliche Zündquelle an der Stelle gibt."

Claudio war zwischenzeitlich zu uns gestoßen und seufzt, „nicht noch eine Brandstiftung, aber das klingt logisch. Ich telefonier besser gleich mit der Polizei".

Ich halte ihn zurück. „Eventuell hat gestern ja noch jemand irgendwas gehört, frag doch mal Deine

Mitarbeiter, das will die Polizei sicherlich auch wissen“.

Wir setzen uns wieder hin und diskutieren aufgeregt Jonas´ Entdeckung. Claudio ist im Haus verschwunden und wird vermutlich Maria fragen, ob sie was gehört hat, weil sie ja die erste war, die das Feuer entdeckt hatte und hoffentlich direkt die Polizei anrufen.

Nach einiger Zeit kommt er über den Weg von den Fahrzeugstellplätzen hinten herum wieder zu uns. „Maria und Sergio haben nichts gehört, sie wurde aber von irgendwas wach und hat dann das Flackern durch die Fenster gesehen. Der Rest hat auch nichts gemerkt und wurde erst später vom Lärm wach. Nikolai hab ich seit gestern Nacht nicht mehr gesehen, der ist nicht auf seinem Zimmer und das Motorino fehlt auch.“

Ich will schon fragen, was Rafaela vielleicht bemerkt hat. Als er leise nachschiebt, „Rafaela und ich haben nichts gehört.“ – Aha, denke ich mir leise schmunzelnd, daher weht der Wind.

Er setzt sich wieder zu uns und wir diskutierten weiter. Hunger hat nach dem späten und reichlichen Essen von gestern Abend immer noch keiner. Wir knabbern an etwas Gebäck und trinken erfrischenden gekühlten Orangensaft. Zur Abwechslung hat Maria diesmal statt Minze oder pur etwas Bitterino beigemischt. Gerade recht, weil die Temperaturen sich schon wieder in der Sonne den 30 Grad nähern dürften und der Wind, nun vom Meer her, erst langsam wieder auffrischt.

Nach dem kurzen Frühstück räumen wir die Werkzeuge auf, reparieren einen von Dieter beim Abhebeln der Bretter abgebrochenen Stiel einer Hacke, rollen die Schläuche wieder ordentlich auf und füllen aus Kanistern in die Motoren den jeweils passenden Treibstoff nach.

Danach hängen wir müde herum und drehen uns bei den Gesprächen über das Feuer und die vermutete erneute Brandstiftung laufend im Kreis. Stephanie und Tereza haben nach dem Aufräumen die Nase voll vom immer noch nach Rauch stinkenden Innenhof, den wegen uns vor allem in Deutsch geführten Gesprächen rund um das Thema Brandbekämpfung und Brandstiftung. Sie wollen daher ein paar freie Stunden am Meer verbringen.

Leonardo nimmt sie mit hinunter, weil er ohnehin zu seiner Werkstatt zurück muss. Rafaela ist schon früher zu ihren Verwandten zurück gefahren, will aber später wieder zu uns zurück kommen.

Stunden später sind sowohl die Polizia Communale wie auch die Carabinieri bei Claudio auf dem Hof gewesen. Mittlerweile haben immer mehr den Verdacht, es könnte sich doch um eine Mafiasache handeln.

Nach der gestrigen Fleischorgie will uns Maria heute am frühen Nachmittag etwas Spezielles aus

Siziliens Küche kredenzen. Rafaela ist wieder zurück, und hilft nach kurzer Diskussion wie selbstverständlich in der Küche. Wenn Maria da so schnell klein bei gibt, scheint es ja ernst zu werden.

Es gibt süße Canolli, eine weitere sizilianische Spezialität. Wie ich kurz darauf sehe, sind das in Öl gebackene Teigrollen mit einer Füllung aus Ricotta, Marzipan und Erdbeeeren mit Schlagsahne vermengt. Maria bringt lächelnd einen Berg davon auf einem großen Silbertablett, dick mit Puderzucker bestreut. Dazu serviert uns Rafaela mit einem zauberhaften Lächeln für Claudio jeweils ein gekühltes Glas Marsala, der – wie Maria mit breitem Grinsen erläutert – auch im Teig enthalten ist.

Danach gibt es den obligatorischen cremigen heißen Espresso. Ich habe mir hier abgewöhnt, den direkt zum Nachtisch zu wünschen, die Italiener trinken ihn auch immer erst zum Schluss.

Eine Stunde später liege ich in der langsam sich neigenden Sonne auf einer Klappliege. Innerlich stöhnend denke ich nach den kulinarischen Eindrücken der letzten Tage und der dadurch trotz aller körperlicher Betätigung erkennbar am Bund spannenden Hose und den passenden spöttischen Kommentaren von Marie, die sich in den Telefonaten natürlich immer nach dem Essen erkundigt. Das bedeutet also in den nächsten Wochen eindeutig Gegenmaßnahmen im heimatlichen Fitnessstudio und auf dem Fahrrad.

Ich will ja vor dem nächsten Skifahren in schon wenigen Wochen die eindeutig vorhandenen zusätzlichen Kilos wieder runter bekommen.

Zum Lesen zu faul, zum Schlafen zu unbequem, zu träge um aufzustehen, döse ich bei sanfter easy-Listening-Musik aus den 60igern in den Ohrhörern vor mich hin.

Fröstelnd mache ich die Augen wieder auf, ich höre das Telefon im Haus und über die Außenklingel schellen. Die Temperatur hat sich am Nachmittag deutlich reduziert, vom Meer her sieht man Wolken treiben und der Wind hat stark zugenommen. Aus dem Haus höre ich wilde Stimmen am Telefon. Claudio kommt mit dem Mobilteil am Ohr herausgelaufen. Er brüllt nur „Merda! Brennt schon wieder!"

Ich denke, ich träume noch von gestern Nacht, da spricht er wieder ins Telefon, „Steffi, ihr bleibt besser unten, ruft direkt die Feuerwehr und zeigt der den Weg, wenn die kommen."

Jonas und Dieter kommen um die Ecke des Hauses, sie haben das Gebrüll natürlich auch gehört und stehen schon neben Claudio. Alle wollen wir wissen, was denn nun genau schon wieder los wäre – und vor allem, wo diesmal das Problem ist.

Claudio zeigt vom Haus weg in Richtung Meer, das man in gar nicht so weiter Entfernung sieht und wo man nun auch eine breitere, nebelartige Schwade grau-schwarzen Rauch quer zum Hang erkennen kann.

„Das war am Telefon eben Stephanie von unten. Denen wurde es am Meer jetzt zu kalt, sie sind auf dem Rückweg, da haben sie von der Küstenstraße aus gesehen, dass es wohl mitten im Hang an mehreren Stellen brennen würde. Da kommen wir aber so einfach nicht hin. Es gibt dort kaum Wege, nur ein paar alte Pfade und viele Steinmauern, die zum Teil umgefallen sind, dafür jede Menge alte Olivenbäume, Sträucher, trockenes Gras und was sonst da noch herum liegt."

Dieter, Jonas und ich gucken uns an. „Das ist schlecht", sagt Dieter, „ganz schlecht" sagt Jonas, „wir sind zu wenige, wir können mit den Fahrzeugen nicht hin fahren und haben zu wenig Material, um lange Schlauchleitungen zu verlegen. Außerdem sind doch in dem Hang gar keine Wasserentnahmestellen, weil die Zisternen alle auf der landesinneren Seite des Hügel Richtung Tal liegen. Dazu wissen wir nicht, wie bzw. wo das Feuer den Berg hoch kommt und wie schnell das jeweils von den anscheinend verschiedenen Brandstellen passiert - noch dazu mit dem Wind."

Maria, die Seele des Hofes, kommt mit der Pressluftttröte aus dem Haus gelaufen, Jonas umarmt sie unbewusst, aber stürmisch, nimmt ihr das Lärminstrument aus der Hand, rennt hinter das Haus und drückt auf den Auslöser. Infernalischer druckluftbasierter Lärm kommt in den drei dafür besprochenen Heultönen mit Unterbrechungen aus dem Trichter und hallen über den Abhang Richtung der nächsten Höfe. Jonas wiederholt das Signal mehrfach. Claudio ist daher ins Haus zurück gegangen, hängt dort etwas lärmgeschützt am Telefon und versucht die Nachbarn anzurufen.

Dieter ruft uns zusammen. „Also, was sollen wir tun? Wollen wir flüchten, oder wollen wir die Gebäude versuchen zu verteidigen? Wir sollten uns einig sein!“ Ich grüble, „wir haben nur eine Wahl, das später zu korrigieren dürfte nicht gehen, vor allem dann nicht, wenn das Feuer talseitig über den Hügelrücken läuft und uns den Rückweg abschneidet“.

Jonas bestätigt das, aber fügt beruhigend hinzu, „wir haben uns gut vorbereitet. Neben dem alten Traktor mit der angeflanschten Pumpe haben wir immer noch die kleinen Tragkraftspritzen. Die könnten wir einsetzen, falls das Museumsstück ausfällt. Wir haben ausreichend Wasser, wir haben Schläuche für eine Ringleitung in C, und Schläuche und Rohre für defensive Verteidigung mit kleinerem D-Material. Wir sind genug Leute, um mit dem Vorhandenen den Hof verteidigen zu können. Und den haben wir schließlich die letzten Tage so vorbereitet, dass uns das auch gelingen müsste.“

Ich ergänze, „wir haben außerdem noch den Lamborghini-Trecker mit der Bodenfräse oder dem Pflug, damit können wir unter dem Haus einen

Wundstreifen zumindest bis zum Abhang mit den Steinmauern ziehen, vielleicht sogar die Hügelkuppe entlang, oder auch die Pumpe betreiben."

Wir blicken uns an, „o.k., wir bleiben".

Claudio kommt wieder vom Telefon. Er hat die nächsten Nachbarn erreicht. Die meisten haben das Hupsignal sogar gehört, aber es nicht ernst genommen.

Die zu den Seiten haben natürlich unter Umständen selbst ein Problem, wollen aber versuchen, an den Seiten, also den Flanken des Feuers, dieses mit ihren Möglichkeiten anzugreifen und die Feuerwehr in die wenigen geeigneten Zufahrten in das Gebiet einzuweisen. Eine Nachbarfamilie aus einem der nächsten Agriturismo Bauernhöfe im Hinterland will sich in Kürze aufmachen, um uns zu helfen.

Dieter sagt zu Claudio – und meint uns alle. „Los, als erstes kontrollieren wir, ob doch noch brennbares Material um die Gebäude oder auf den Flächen davor herum liegt. Das bringen wir alles hier in den Innenhof."

Jeder nimmt sich eines der Gebäude bzw. die umliegenden Flächen vor. Wir hatten zwar in der letzten Woche das schon mal alles begangen, aber es ist erstaunlich, was sich wieder alles angesammelt hatte.

Wir hatten dabei selbst mitgeholfen, ausreichend Brennholz für den Grill und vielleicht noch ein Lagerfeuer danach zu sammeln. Ein großer Teil lag trotz des Feuers der vorherigen Nacht noch unverbrannt neben dem Grill. Wir zerren alles von den Gebäuden weg und schichten das so auf den immer größer werdenden Haufen auf den Steinboden der Terrasse im Innenhof zwischen den Gebäuden um.

Dieter läuft nochmal um die Gebäude, um alles zu überprüfen. Kurz darauf kommt er zurück, um uns auf ein Risiko hinzuweisen. Nikolai und Tereza hatten offensichtlich die letzten Tage die zahlreichen Sträucher abgeschnitten, die sich im Garten und an den obersten Terrassen der Trockensteinmauerbereiche den Hang hinunter befanden. Bei der Hitze waren die abgeschnittenen Zweige in wenigen Tagen völlig ausgetrocknet und lagen nun nur ein paar Meter von der Wand des Holzschuppens hangabwärts Richtung Meer unten im ersten durch die Mauer abgesetzten Absatz des großen Gartens und waren so von oben gar nicht zu sehen.

Erstaunlich, wir hatten eigentlich gedacht, dass allen klar wäre, warum brennbares Material nicht so nah an den Häusern liegen sollte. Würde der Haufen bei dem jetzt herrschenden Wind tatsächlich brennen, wäre ein Übergreifen auf den Schuppen mit unseren Möglichkeiten kaum mehr zu verhindern. Die Menge ist zu groß und der Weg zu weit, um den Haufen mal eben mit der Hand umzulagern.

Claudio will den Traktor holen, um eine Heckplattform an der Dreipunktaufhängung zu befestigen. Wir haben uns zwischenzeitlich alle wieder unsere Arbeitskleidung mit langen Ärmeln bzw. Hosen und Handschuhen angezogen. Er kommt schmunzelnd wieder und zerrt mit an den zum Teil dornigen Ästen. Ich frage erstaunt, „was ist denn mit dem Lambo?". Er entgegnet grinsend, „kommt!" und zeigt mit dem Daumen nach hinten, wo eben Rafaela mit dem Ding ratternd so schnell um die Ecke biegt, dass die Vorderräder trotz Allrad zuerst eher geradeaus, als um die Kurve wollen.

Grinsend fährt sie an uns vorbei, bleibt mit einem kräftigen Tritt auf die Bremse mit kurz blockierenden Rädern stehen, legt den Rückwärtsgang ein und zirkelt den angerosteten Agrarierfreund rückwärts gezielt zwischen uns, während ich erst mal voller Respekt zur Seite springe.

Claudio prustet los, „Angst?" fragt er. „Si, bella ragazza und alte Traktoren – ich weiß nicht..?" antworte ich. Er lacht, „Rafaela kommt aus einer Landwirtschaft, die hat mehr Erfahrung auf Traktoren wie wir zusammen."

Gemeinsam werfen wir die trockenen Zweige, die zum Teil ganz schön stachelig sind, auf die alte hölzerne Transportplatte am Traktor. Rafaela fährt sie dann vorsichtig hoch, damit wir nicht wieder die Hälfte aufsammeln müssen und kippt sie zum Rest im Innenhof. 4 Fuhren später ist nichts mehr davon zu sehen.

Allerdings ist zwischen den je auf ungefähr vier bis zehn Meter voneinander entfernt stehenden Trockensteinmauern der Böschung nun immer noch völlig vertrocknete verwilderte Gräser, Reste von Sträuchern und der eine oder andere alte Rebstock zu sehen.

Das alles liegt als potentieller Brennstoff zwischen dem langsam hoch laufendem Band der Feuerfront und uns. Es mit der Hand zu entfernen wird aber viel länger dauern, als wir Zeit haben.

Wir zerren noch an einem alten Rebstock, den ich versucht habe, mit einer Art Spaten einfach abzuhacken, als ich den Traktor wieder höre. Ich richte mich mit schmerzendem Rücken langsam auf, da kommt zum Dieselnageln ein rasch schneller werdendes, quietschendes Geräusch und unmittelbar danach nun auch noch ein ungeduldiges krächzendes Hupsignal dazu.

Ich drehe mich um und traue meinen Augen nicht. Hat Rafaela doch tatsächlich schnell und anscheinend allein die Plattform am Heck mit der Bodenfräse getauscht. Claudio hat ihr offenbar zwischendurch die Idee von vorhin weiter gegeben.

Sie senkt mit der Heckhydraulik die Fräse ab und fährt in einer schnell größer werdenden Staubwolke nahe der hangseitigen Mauer langsam über die nur wenige Meter schmale, aber gut 150 m lange, handtuchartige Feldfläche unterhalb der letzten Geländeerhebung mit Sträuchern und Kräutern vor den Gebäuden.

Hinter der Fräse ist der Boden von jeder Oberflächenvegetation befreit und deren Reste mit trockenem Erdreich vermengt oder untergefräst. Klug gemacht, damit bleibt die talseits liegende Steinmauer fast ohne Belastung durch den Traktor. Hoffentlich hält das auch an den schmäleren Stellen in steilerem Gelände. Claudio bleibt nach kurzer Absprache erst mal bei ihr, um größere Steine zu entfernen, oder sie darauf hinzuweisen.

Der Rauch hat stark zugenommen und zieht in immer dichter werdenden Schwaden den Abhang hoch. Zwischenzeitlich konnte man auch das jaulende Signalhorn der Feuerwehr hören, die sich vermutlich unten von der Seite an das Feuer heranarbeiten werden.

Aber auch für die gilt das Problem, dass sie selbst mit ihren relativ kompakten Fahrzeugen in den recht steilen Hang auf den schmalen Wegen nicht weit fahren können und dann mit den paar Leuten auf der großen Fläche ohne Unterstützung nicht weit kommen werden.

Zwischenzeitlich haben Jonas und Dieter mit Sergio und Maria die Schläuche wieder an der Pumpe angeschlossen und den Hof mit einer Art Ringleitung mit mehreren C-Schläuchen und

Verteilern sowie mehreren davon abgehenden D-Leitungen mit angekuppelten Rohren umschlossen. Sie haben uns gesehen, als Rafaela die erste Hälfte der obersten Terrasse schon gefräst hatte.

Jonas zeigt ihr grinsend den erhobenen Daumen. Gleich darauf winkt er mir gleich energisch zu, wieder zu ihnen nach oben zu kommen und damit das durch Festhalten an einer Hacke lebende, aber doch sehr statische Arbeiterdenkmal ein anderes mal weiter darzustellen.

Ich stiefele etwas schuldbewusst den Weg zurück zum Innenhof, wo Sergio den alten Traktor im Leerlauf zum Laufen gebracht hat. Um hier auch etwas zu tun, öffne ich an ihm einen der Pumpenabgänge, um mich von deren Funktion zu überzeugen und mich etwas zu erfrischen.

Jonas ruft mir ungeduldig zu, „Mensch, wo bleibst Du so lang, wir müssen uns um den Hof mit den Rohren postieren, um direkt jeden Funken oder jedes von der Thermik mitgerissene brennende Stück Vegetation abzulöschen."

O.k. verstanden, Sergio bringe ich gestikulierend bei, dass er die Drehzahl des Traktors langsam erhöhen soll, während ich die mit den C-Schläuchen versehenen Abgänge der Ringleitung öffne. Schnell füllen sich die Schläuche, noch ist das keine große Belastung für die Pumpe und erst recht nicht für den Traktor.

Ich lege von einem der noch freien C-Abgänge an dem von Leonarde gebastelten hirschgeweihartigen Übergangsstück der alten Feldpumpe noch schnell ein paar weitere Schläuche zu einem Verteiler mitten im Innenhof. Anschließend schließe ich auch da zwei weitere Leitungen mit je drei D-Schläuchen und einem Strahlrohr an. Dann ist unser Material auch fast aufgebraucht und wir haben mehr Rohre liegen als wir über Menschen zur Bedienung verfügen.

Ich binde mir einen Baumwoll-Schal um, um etwas gegen Rauchpartikel und auch Rußflocken geschützt zu sein, setze als Augenschutz meine Sportsonnenbrille auf und geselle mich in zu Jonas und Dieter, die natürlich auch schon ihre Ausrüstung mit Schutzbrillen angelegt haben.

Wir stellen uns hinter der Scheune auf und beobachten, wie das Feuer langsam aber anscheinend ungehindert den Hang über die verwilderten Terrassen immer weiter herauf läuft.

Da wo wir stehen, sind wir relativ rauchgeschützt, weil der Wind den zwischen die Gebäude drückt. Maria hat auch an diesen schlauerweise auch schon alle Türen und Fenster geschlossen.

Unten sehen wir Claudio, der nun schon am Ende der von oben dritten Terrasse die immer noch den Traktor fahrende Rafaela einweist, damit sie auf dem zum Wenden zu schmalen Stück rückwärts wieder herausfahren kann.

Jonas guckt sich das kurz an, verzieht das Gesicht, stiefelt los und kommt kurz danach mit der Pressluftröte wieder. Er hält sie von uns weg Richtung Claudio nach unten und drückt den Druckknopf. Ohrenbetäubend tönt der Heulton.

Claudio schreckt auf, während Rafaela sofort den Traktor anhält. Jonas zeigt nach unten auf das höher und damit nun schnell näher kommende Feuer, weist energisch nach hinten zur Wiese neben dem Weg unterhalb des Hofes und zeigt mit Hand an der Kehle auf die nächste Terrasse.

Jedem ist klar, was er meint. Es wird bei näher kommendem Feuer mit der zunehmenden Thermik und dem Wind zu unkalkulierbar, noch eine Linie über die nächste Terrasse zu ziehen, zumal diese Terrasse noch schmäler wäre als die bereits bearbeiteten wäre.

Er will, dass Rafaela den vorhin auch besprochenen Wundstreifen durch die Wiese fräst, um zu verhindern, dass uns das Feuer dort von der Seite umschließt. Rafaela scheint es auch verstanden zu haben, sie zeigt nach hinten, nickt und fährt weiter rückwärts. Claudio winkt ebenfalls und hilft ihr durch seine Handzeichen.

Kaum ist die Terrasse aber wieder etwas breiter, winkt sie ihm ab, rührt irgendetwas im Getriebe, dreht sich um und fährt allein und deutlich schneller zurück. Claudio stemmt die Hände in die Hüften, schüttelt den Kopf und läuft ihr hinterher.

Jonas nimmt nochmal das Signalgerät und trötet wieder bis Claudio stehen bleibt und sich nochmal umdreht. Jonas zeigt deutlich auf ihn und dann energisch neben sich - auch das versteht man sofort.

Rafaela wendet eben am Ausgang der Terrasse den Traktor, Claudio ruft ihr etwas zu, sie stoppt, er klettert kurz zu ihr hoch und drückt ihr einen fetten Kuss auf den Mund. Dieter kommentiert dazu nur trocken, „soviel Zeit muss sein!"

Kurz darauf kommt Claudio mit erstaunlich fröhlichem Gesicht zu uns und fragt, was er machen soll. Dieter erklärt, „jeder von uns nimmt eines der verlegten Rohre, jeder Funke wird sofort gelöscht. Wir sollten Wasser genug haben, aber achtet darauf, die Strahlrohre langsam zu öffnen und zu schließen. Wir wissen nicht, wie gut oder schlecht die Schläuche und deren Kupplungseinbände sind. Außerdem seid vorsichtig, das Feuer bewegt sich relativ schnell den Hang hinaus und wird bald hier sein. Claudio, kannst Du das Sergio übersetzen?"

Da fällt mir noch etwas ein: „Ich verteile noch rasch die letzten Schläuche zwischen die Verteiler und Leitungen, um die bei einem Schaden schneller austauschen zu können. Außerdem habe ich noch eine weitere Leitung von der Pumpe zum Innenhof verlegt, falls doch da auch noch etwas brennen sollte. Wo stellen wir den Pickup mit dem kleinen Tank und der kleinen Pumpe hin?"

Jonas erwidert, „lass den mal unten in der Remise, hier oben steht er nur im Weg und wir haben hier verlegte Leitungen genug, das ist sowieso besser wie der kleine Tank. Wenn wir mehr Leute wären, dann könnten wir den für eventuelles Flugfeuer am Weg weiter unten oder vom Feuer hinter dem Haus liegenden Flächen einsetzen."

Claudio verschwindet kurz und kommt nach wenigen Minuten wild auf Sergio einredend mit diesem wieder. Wir fünf verteilen uns um den Hof, wobei ich mich mit Jonas und Dieter zum Feuer hin aufstelle, während Sergio und Claudio die Flanken schützen sollen. Wir ziehen uns noch schnell ausreichend Schlauchreserve in große Buchten hinter uns, um besser beweglich zu sein und uns bei Bedarf gegenseitig helfen zu können.

Wenige Minuten später beginnt schon der Kampf. Die ersten Funken kommen angeflogen und werden noch im Flug erlegt. Zunächst links von der Mitte mit Jonas und Dieter, dann darf ich mich schon beteiligen und kurz darauf unterstützen auch schon Claudio und Sergio von den Flanken. Claudio steht jetzt hinter dem Gutshof, mit Blick auf die Zufahrt und Rafaela mit der Fräse, Sergio hinter dem Schuppen mit Blick auf den eher felsigen Abhang dahinter.

Der Funkenflug wird zusammen mit dem Rauch immer stärker, wir haben daher alle unsere Tücher vor Mund und Nase gezogen und unsere Schutz- bzw. sonstigen Brillen aufgesetzt. Wir hören das

Feuer zuerst prasseln, bevor wir es durch den Rauch richtig aus der Nähe sehen. Die Flammen schlagen von den tiefer gelegenen Terrassen aus den trockenen Bäumen, Büschen und langen, strohigen Gräsern mehrere Meter hoch und werden vom Wind zu uns getrieben.

Die Fräsarbeit von Rafaela scheint sich zu bewähren und die Ausbreitungsgeschwindigkeit an den oberen Terrassen langsamer zu werden. Leider konnte an der Oberseite der talseitigen Trockensteinmauern nicht gefräst werden, weil keiner einschätzen konnte, ob die Mauern das Gewicht des Traktors aushalten.

Dort gibt es also immer noch genug Brennbares, das sich nun recht schnell mit entzündet, aber nun immer erst mehrere Meter und jeweils wieder eine Mauer überwinden muss, bis es an der nächsten Terrasse wieder etwas entzünden kann.

Hier können wir direkt von oben eingreifen und versuchen im direkten Löschangriff im Vollstrahl die Ausbreitung zu verlangsamen oder gar zu stoppen. Bergab haben wir mit den D-Rohren beim aktuellen Druck je nach Ausführung zwischen 30 und 40 m Wurfweite.

Zum Rauch kommt dadurch auch immer mehr weißer Wasserdampf, leider werden damit die Sichtweiten auch geringer. Wir können gerade noch unseren nächsten Helfer sehen, nicht aber mehr bis zu den Gebäudeecken oder gar hinunter auf die

Zufahrt, wo Rafaela hoffentlich rechtzeitig mit der Fräsarbeit zum Hang hin fertig geworden ist.

Plötzlich taucht von hinten die auch schon ziemlich verrußt wirkende Maria auf und fragt mich, „Dov´e Claudio?“ Ich zeige Richtung Hauptgebäude und in einem Bogen drum herum, sie verschwindet im Eilschritt. Wenig später kommt Claudio schon zurück und ruft uns zu, dass mittlerweile Rafaela das Fräsen eingestellt hat, dafür aber mit Maria schon mit den beiden Rohren im Innenhof die Funken dort ablöscht, sie aber nicht wissen, wie lange das noch gut geht. – Es wird eng. Hoffentlich hält der alte Traktor an der Pumpe durch und wir schaffen es, den Feuerübersprung über die alten Wein- und Oliventerrassen zu verhindern.

Wir wollen uns gerade wieder verteilen, als ein wild aussehender, braun gegerbter, grauhaariger, stoppelbärtiger alter Schnauzbartträger in einem alten, zerrissenen und viel zu weiten Anzug aus der verrauchten Luft vom Innenhof her auftaucht.

Claudio läuft ihm mit einem gemurmelten „Grazie a Dio, Toto ist da!“ die paar Schritte entgegen und zerrt ihn auf uns zu. Der Bartträger spricht dabei für einen Italiener eher gemächlich, aber für mich in einem völlig unverständlichen Genuschel auf Claudio ein.

Der erklärt uns „das ist Toto, er ist der Patron vom Agriturismo Da Toto. Er ist mit seinem Pickup hier, hat aber keine Ausrüstung, weil wir den nicht mehr ausstatten konnten, dafür hat er aber seinen

Sohn und drei Arbeiter dabei, ein anderer kommt in etwa einer halben Stunde mit einem Traktor nach. Er fragt, wie er helfen kann."

Ich spreche mich kurz mit Jonas und Dieter ab. Wir entscheiden uns dafür, dass Dieter mit Sergio von Totos Sohn Vito und einem Arbeiter hier neben uns ersetzt werden. Die Dieter und Sergio werden so frei und können mit unseren Pickup mit Tank und Pumpe sowie Totos Pickup mit ein paar Feuerpatschen zusammen mit Toto und einem der anderen beiden Arbeiter besetzen. Damit sollen die dann im Team eventuelle Glutnester in der Wiese unter dem Haus zu löschen, die es über den von Rafaela gefrästen Wundstreifen schaffen sollten. Der letzte Arbeiter von Toto soll dagegen bei Maria und Rafaela bleiben, um im Innenhof zu helfen.

Alle verschwinden umgehend wieder, um sich auf ihre Positionen zu begeben und wir verlieren schnell wieder jedes Zeitgefühl, weil wir voll beschäftigt sind, die mit dem Wind länger werdenden Flammen und vor allem den Funkenflug irgendwie zu bekämpfen.

Mittlerweile greifen wir immer weniger mit Vollstrahl und damit großer Wurfweite die Feuerfront in größerer Entfernung auf den unten liegenden, nächsten Terrassenebenen an, sondern löschen seit einiger Zeit vor allem mit breit gefächertem Sprühstrahl vor und neben uns die durch Funkenflug entstehenden Brandinseln auf den Flächen schon direkt bis vor die Gebäude.

Jetzt bewähren sich die bewusst je Leitung mehr eingekuppelten Schläuche, weil wir so beweglicher sind.

Dabei könnten wir aber gut noch mehr Hilfe benötigen, um mit Feuerpatschen die entzündeten Grasbüschel auszuschlagen. Aber vermutlich kämpfen die anderen Nachbarn an den seitlichen Grenzen des Abhangs.

Ich traue mich allerdings auch kaum, mir die Frage zu stellen, ob sie es noch wagen würden, zu uns zu fahren. Wenn ich mir den Anblick unseres Standortes und des Hügels von den Seiten oder von unten von der Straße am Meer vorstelle, kann ich mir denken, dass man von dort aus die hinter den Rauchwolken vermutlich nur noch schemenhaft zu erkennenden Gebäude als verloren betrachten wird.

Mittlerweile sind die Flammen bis auf wenige Meter an den Hügelrücken heran, der Hang davor steh, zumindest soweit wir sehen können, fast komplett in Flammen. Jetzt kommt auch die gegenseitige Unterstützung an ihre Grenzen, weil wenn wir uns an einer Stelle zusammenschließen, um gemeinsam ein intensiver anlaufendes Feuer zu bekämpfen, dann reißen wir sofort an einer anderen Stelle eine Lücke, die wir kaum mehr schließen können.

Dann hören wir aus der Luft ein immer lauter werdendes und daher näher kommendes sonores Motorendröhnen vom Meer her. Auf das haben Dieter, Jonas und auch ich wohl zumindest heimlich gehofft. Es klingt nach alten Propellertriebwerken, die gerade auf volle Leistung gebracht werden.

Wir versuchen durch den Rauch und Wasserdampf etwas zu sehen, um unsere Hoffnung bestätigt zu sehen. Dann taucht erst ein, kurz darauf noch in einiger Entfernung ein zweites, gelb-rot lackiertes, doppelmotoriges Propellerflugzeug aus. Beide sehen zwar wie ein Boot aus, aber genau deshalb bringen sie jetzt wertvolle Hilfe aus der Luft. Es sind gleich zwei CL-415, ältere aber voll funktionsfähige Löschflugzeuge der australischen Firma Canadair der italienischen Feuerwehr, die auch auf einigen Stützpunkten in Sizilien stationiert sind.

Durch die Bootsform des Rumpfes können sie nicht nur im Wasser starten und auch landen, sondern sogar im knappsten Überflug über ausreichend ruhigem Wasser selbiges direkt in ihre Tanks bringen.

Offensichtlich hat die Feuerwehr der Region den Brand mittlerweile als so gefährlich eingestuft, dass man die Löschflugzeuge dazu geholt hatte. Mit jedem Abwurf prasseln nun je Flugzeug gut 6.000 L Meerwasser auf die Flammen und schlagen im Hang immer gleich auf mehreren hundert Quadratmeter das Feuer nieder.

Dolce

Eine Stunde später sieht die Welt schon ganz anders aus. Das Feuer am Hang ist in sich zusammengebrochen. Wir konnten das Überschreiten der Terrassen weitgehend verhindern und mussten nur an ein paar Stellen ein paar brennende Grasbüschel oder Sträucher auf dem eigentlichen Vorgelände zum Hof ablöschen.

Maria hat mit Rafaela und dem Arbeiter von Toto im Innenhof ganze Arbeit geleistet, alle Funken die irgendwas entzünden wollten, oder das vielleicht sogar kurz geschafft hatten, konnten rechtzeitig gelöscht werden.

Der Wundstreifen in der Wiese an der Zufahrt hat fast gehalten. Nur an wenigen Stellen hat das Feuer diesen überlaufen – und da war dann schon Dieters Schnelleingreiftruppe in den beiden Pickups zur Stelle. Dafür sehen die von ihm gebastelten Behelfsfeuerpatschen auch etwas zerfleddert aus. Ein Teil der alten Schaufelblätter, an denen die Schlauchstücke befestigt wurden, ist verbogen oder eingerissen, mehrere Stiele sind angebrochen, einige Schlauchelemente ausgerissen.

Zwischendurch war irgendwann noch Leonardo aufgetaucht, der im Ergebnis dann nun wieder einmal völlig ölverschmiert dafür sorgte, dass seines Vaters altes Traktor-Schätzchen an der Pumpe keine Mucken macht. Er hatte es sich dazu direkt neben dem alten Traktor mit Schmierölkanne, Dieselkanister und seiner gut gefüllten Werkzeugkiste bequem gemacht.

Nach seinen Erklärungen hatten sich während des Pumpens nur ein paar Verschraubungen des provisorischen Hirschgeweihs der Übergänge von den italienischen Schnellkupplungen der Bewässerungspumpe auf die deutschen Feuerwehren-DIN-Kupplungen gelöst. Er hat sie einfach immer wieder fest gezogen.

Dann war auch noch ein Löschfahrzeug bei uns oben am Hügel aufgetaucht. Es kam aber nicht von der Feuerwehr Cefalù, sondern offenbar von weiter weg. Ich hatte es in jedem Fall vorher noch nicht gesehen und Claudio kannte die Besatzungsmitglieder auch nicht. Irgendwie wirkten die aber bei den Temperaturen nicht enttäuscht, gleich wieder fahren zu können. Zumal sie bei ihrem verrußten Aussehen direkt von einem anderen Einsatz gekommen waren.

Die beiden Löschflugzeuge haben sich vorhin mit einem letzten Abwurf und beim letzten Überflug zum Gruß hin und her gedippten Tragflächen von uns und der im Hang ein paar hundert Meter unter uns arbeitenden Feuerwehr aus Cefalù verabschiedet.

Wir haben uns verschwitzt, aber zufrieden im Innenhof versammelt, während Maria schon wieder irgendetwas in der Küche am vorbereiten ist. Sie meinte vorhin, glücklicherweise hätte sie etwas Kühles fertig, das jetzt genau richtig wäre.

Claudio schleppt mit Rafaela erst mal Karaffen mit Wasser und dem unvermeidlichen kalten Weißwein an. Kurz darauf kommt Maria mit Gläsern an, blickt auf den Weißwein, wirkt unzufrieden und fragt „Non questo, Claudio, dov´ e Malvasia?"

Claudio lacht, schlägt sich vergesslich auf die Stirn und gibt ihr eine eindeutige Antwort „nel frigo in Cantina" und geht dabei direkt in Richtung des erwähnten Kühlschranks im Keller.

Maria kommt kurz darauf mit dem schon mehrfach genutzten riesigen Tablett mit vielen Schalen. Die sind jeweils mit einer roten Masse gefüllt, die von geraspelten Pistazien und Schokostückchen umgeben bzw. teilweise bedeckt und je mit einem frischen Minzblättchen getoppt sind und strahlt dazu ein „Gelo di Melone" hervor.

Der Anblick wird durch den Geschmack des gekühlten Melonenpuddings noch übertroffen. Der von Claudio aus dem Keller geholte, kalte Malvasia-Wein passt hervorragend dazu.

Formaggio

Für uns ist es der letzte Abend. Wir haben unsere völlig verdreckten Klamotten gewaschen, oder teilweise direkt entsorgt, weil die Risse zu groß zum Flicken waren.

Allerdings wurde der frei gewordene Platz im Gepäck direkt durch Mitbringsel wieder aufgefüllt. Glücklicherweise – oder leider – verhindert die Vernunft den Transport von größeren Mengen Wein und Öl im aufgegebenen Gepäck. Und die Flüssigkeitsmengen im Handgepäck sind auf Flügen seit langem stark limitiert und auf Mini-Portionen in durchsichtigen Plastiktütchen beschränkt.

Claudio hat aber jeden von uns mit abgepackten getrockneten Tomaten, original sizilianischer Pasta und einer Dose Fior di Salina Trapani, Meersalz aus Sizilien, versorgt und sich zigfach für die Hilfe bedankt. Er wollte auch dafür sorgen, dass über Gustavo bei der nächsten Lieferung noch die eine oder andere Flasche sizilianischen Weines für uns dabei sein sollte.

Fast etwas wehmütig sitzen wir in der Abendsonne im Innenhof und haben nach einer kräftigen Pasta al Pomodoro, also Nudeln mit Tomatensoße, Pangrattato, das ist nichts anderes als geröstetes und geraspeltes altes Brot, garniert mit frischem Basilikum, nun eine riesige Käseplatte mit selbst gemachtem Fladenbrot vor uns stehen. Dazu gibt es wieder Nero d´Avola, den inseltypischen kräftigen Rotwein.

Die Feuerwehr hatte vorhin noch am Nachmittag bei Claudio angerufen. Sie haben mitten im Hang eine stark verbrannte Leiche neben einem ausgebrannten Motorino gefunden und der Polizei gemeldet. Kurz danach kam auch schon die Carabinieri auf den Hof. Die Polizei vermutet anhand des Kennzeichens, dass es sich um Nikolai handeln müsste, der seit dem Grillabend von gestern – und damit vor dem Feuer am Schuppen - nicht mehr gesehen worden war.

Die Polizei und die Feuerwehr Cefalú haben auch schon einen Verdacht. Es gab zwei Feuerfronten die sich aus mehreren Brandstellen gebildet und sich dann schnell zusammengeschlossen und danach wie eine Art Keil den Hang hinauf ausgebreitet haben.

Er scheint dazwischen geraten zu sein. In der Nähe hat die Polizei einen ausgebrannten leeren Plastik-Kanister gefunden und noch einen weiteren im Weg, von der er der Richtung des Motorinos nach hergekommen sein musste.

Bei der Dynamik des Feuers gestern hat er die Lageentwicklung im Hang wohl selbst unterschätzt und sich dann seine eigene Falle gebaut.

Er wollte über einen kleinen Weg vermutlich wieder nach oben zum Gut fahren. Aber der hoch laufende Brand hat ihm dabei den Rückweg auf dem einzig befahrbaren Ausweg zwischen den Mauern versperrt.

Bei den Temperaturen der Luft nahe bzw. im Feuer reicht ein Atemzug für schwerste Verletzungen in den Atemwegen. Mit so einem Thoraxtrauma wird man schnell handlungsunfähig und ist kurz danach tot, wenn man nicht sofort gerettet und medizinisch behandelt wird. Selbst mit sofortiger Behandlung mit Sauerstoff ist die Überlebenswahrscheinlichkeit bei solch schweren Verletzungen eher gering.

Digestivo

Wieder zu Hause. Einerseits fühlten sich die dann doch fast drei Wochen wie nur zwei Tage an, andererseits reicht das Erlebte für mehrere Jahre – oder man verzichtet gern darauf.

Beim Erzählen sowie dem Zeigen der Bilder und den vielen Nachfragen von Marie zu den Details, die groben Zusammenhängen gab es natürlich in der Zeit in Kurzberichten am Telefon, wird mir dann doch nochmal mehrfach komisch.

Gustavo hat sich mal wieder selbst übertroffen. Er hat aus Italien passendes Fleisch organisiert und uns einen Abend vom Feinsten präsentiert. Natürlich will er nebenbei wissen, wie es mir in und auf Sizilien gefallen und geschmeckt hat.

Es gibt als Vorspeise Pasta mit Trüffel und danach sein berühmtes Bistecca Fiorentina auf Salat, später sicher wieder den gemischten Nachtisch.

Kaum habe ich mich in den Spaghetti-Teller vertieft, summt das Telefon. Claudio wird auf dem Display angezeigt. Ich drücke ihn weg und schicke ihm eine kurze Textnachricht, „kann gerade nicht, muss Pasta essen, melde mich, später..."

Von ihm kommt nur kurz „ok - ;-)".

Ich habe keine richtige Ruhe und verschwinde mich bei Marie kurz entschuldigend, nach der Pasta direkt nach draußen, um ihn zurück zu rufen.

Er wirkt irgendwie aufgekratzt. Nach kurzem Geplänkel wie es jeweils dem anderen geht, rückt er mit den Neuigkeiten heraus. Die Polizei hat die Daten von Nikolai´s Handy ausgelesen und die Anrufe verfolgt. Interessant ist, dass Claudio darunter mehrfach die Nummer des unangenehm nachdrücklichen Immobilieninteressenten identifizieren konnte, die Claudio sich irgendwann einmal aufgeschrieben hatte, falls er doch auf das Angebot eingehen wollte.

Außerdem gab es mehrfach Bar-Einzahlungen auf Nikolai´s Bankkonto und ein paar Überweisungen, die merkwürdig erscheinen. Einige davon kamen von einer Firma, an der wiederum der Immobilienhai beteiligt ist. Interessant daran ist nun, dass der LKW-Fahrer, der in den tödlichen Verkehrsunfall mit Claudio´s Eltern verwickelt war, ebenfalls bei der gleichen Firma irgendwie mit angestellt war, weil auch an ihn einige Zahlungen nachvollziehbar von diesem Konto abgewickelt worden waren. Jetzt hat sich der Mafia-Staatsanwalt eingeschaltet – und der Immobilienhai sei abgetaucht. Manche sagen, nach Serbien, das Land, aus dem auch Nikolai stammte.

Claudio war aber eindeutig sehr beeindruckt vom Auftritt des Staatsanwaltes auf seinem Hof. Der kam gleich mit mehreren gepanzerten Fahrzeugen, darunter Geländewagen, eine Limousine, mindestens zehn Leibwächter - und alle wollten im Innenhof parken. Ich kann mir das Gedränge vorstellen.

Ach ja, er hat Rafaela eingestellt, oder besser, sie wohnt jetzt bei ihm. Beide freuen sich schon, uns alle im nächsten Jahr wiederzusehen - und wir sollen natürlich auch Theo mitbringen, der uns leider nur aus Deutschland unterstützen konnte.

Bis dahin sollen weitere der verfallenen Rusticos und vielleicht sogar das ausgebrannte wieder renoviert sein, damit wir mit unseren Familien oder Partnern dann die versprochenen zwei Wochen umsonst Urlauben sollen.

Seine Nachbarn hätten aber gern nochmal ein paar Trainingsstunden bei uns. Sie waren doch beeindruckt, was man mit so wenig Leuten und ein bisschen Material mit richtiger Technik – und ich ergänze im Geiste, der Unterstützung der örtlichen Feuerwehren und etwas Glück – selbst gegen nachdrückliche Brandstifter ausrichten könne.

Trotzdem sollten wir genug Zeit finden, uns dann auch das wunderschöne alte Cefalú und seine Umgebung näher ansehen zu können. Das war diesmal völlig zu kurz gekommen.

Dann wäre vermutlich auch der erste Teil der Beachbar an dem alten Turm fertig. Der Bürgermeister hat seine Zurückhaltung aufgegeben, nachdem ihm klar wurde, dass Claudio das Projekt gar nicht zur Wertsteigerung des Grundes zum Verkauf plante, sondern ernsthaft selber an der Entwicklung des Hafens und der Umgebung Interesse hat.

Lächelnd gehe ich zurück, wo mich Marie schon ungeduldig zum sizilianischen Rotwein und dem geschnittenen Steak erwartet.

Epilog - Personen

Alfredo: Fahrzeugführer Löschfahrzeug (LF) der Feuerwehr Cefalù)

Anna-Lisa: Claudios Tante, wohnt in Pozzillo

Angelique: Gute Freundin, mitsegelnde Frau von Matthias

Claudio: Freund, Abholer, Grundstückserbe

Dieter: Waldbrandteam, http://waldbrandteam.de/

Gaetano Rapunza: Chef der Polizei Cefalú

Gustavo: Italiener in Düsseldorf mit allem was das Speisenherz begehrt

Jonas: seit Jahren im Waldbrandschutz unterwegs, Gründungsmitglied von www.at-fire-de

Klaus: Engagierte Feuerangehöriger mit Affinität zur Vegetationsbrandbekämpfung

Leonardo: Abschleppunternehmer, Werkstattbesitzer, Sizilien

Maria: Haushälterin Sizilien

Marie: Partnerin von Klaus

Mario: Leiter der Feuerwehr Cefalú

Matthias: Studienkollege, Segelfreund

Nikolai: Serbischer Mitarbeiter von Claudio

Rafaela: Bedienung, alte Bekannte von Claudio

Sergio: Marias Mann

Stephanie: Deutsche Mitarbeiterin von Claudio

Tereza: Rumänische Mitarbeiterin von Claudio

Theo: @fire in D

Toto: weiter entfernter Nachbar mit Agriturismo

Vito: Sohn von Toto

Rezepte

Alle Rezepte in etwa für 4 – 10 Personen,
übersetzt:
Sehr gute Esser = 4,
normale Esser 6 - 8,
sparsame Speiser = 10

Vorweg ein paar Tipps zur Qualität:

Als Olivenöle bitte nur die kaufen, die mit mechanischen Verfahren erzeugt und kalt gepresst wurden!
Nicht jedes Olivenöl eignet sich auch zum Braten! Wenn sich das nicht aus der Aufschrift erkennen lässt, lieber beim kundigen Verkäufer erfragen.
Wie alle Öle auch Olivenöl nicht im Kühlschrank lagern, sondern am besten gut verschlossen und lichtgeschützt in einem Schrank, oder noch besser in einer Speisekammer bei ca. 10 – 16 °C.
Olivenöl hat eine beschränkte Haltbarkeit, umso kürzer, je weniger man sich an obige Lagerungsempfehlungen hält, oder es nicht richtig verschließt.
Wenn das Olivenöl ranzig riecht, ist es nicht mehr gut und muss leider entsorgt werden.

Als Salz möglichst Meersalz verwenden, das z.B. in einer Salzmühle gemahlen wird.

Guter schwarzer Pfeffer reicht für die hier beschriebenen Gerichte aus. Dieser sollte aber unbedingt frisch gemahlen verwendet werden.
Roter Pfeffer eignet sich ergänzend dazu gut, wenn er leicht gestoßen als Deko und zusätzliches Geschmacksmittel am Schluss über die Gerichte gestreut oder am Tellerrand dekoriert wird.

Kräuter wie Thymian, Rosmarin, Salbei und Basilikum kann und sollte man frisch verwenden, weil es einfach besser und frischer schmeckt.
Majoran und Oregano sind dagegen auch getrocknet gut anwendbar. Sie sollten jedoch zur besseren Geschmacksentfaltung bei der Dosierung direkt über dem Ziel, z.B. Pfanne oder Teller, zwischen den - natürlich sauberen! - Handflächen zerrieben werden.

Zitrusfrüchte möglichst aus Bio-Anbau kaufen, d.h. ohne Spritzmittel auf den Schalen, natürlich trotzdem vor der Verwendung kräftig abwaschen!

Frische Tomaten vor der Verarbeitung probieren! Sie sollten schon nach Tomaten schmecken.
Alternativ Dosentomaten guter Qualität verwenden, solche gibt es auch aus Italien in besser sortierten deutschen Supermärkten.
Sind die Tomaten doch nicht süß genug, kann man Tomatensaucen vorsichtig mit Zucker (z.B. Rohrzucker), Honig oder süßen Früchten (z.B. Wildpfirsich) ansüßen.

Nudeln kann man natürlich zum Einen selbst machen, muss das aber meines Erachtens nicht. Es ist entgegen vieler Berichte und Kochsendungen in der Praxis den normalerweise darin Ungeübten nicht ganz so einfach. Es kann eine lästige, ziemlich fummelig-klebrige Angelegenheit werden und bedarf dazu noch für die meisten Sorten einer Nudelmaschine.
Als einfache Alternative kauft man einfach die üblichen Markenprodukte – für italienische Gerichte vorzugsweise aus Italien.

Verwenden Sie unbedingt gute und scharfe Messer für die Zubereitung. Mit stumpfen Messern ist die Gefahr, dass man abrutscht und sich verletzt eher größer, als sich an scharfen Messern bei richtiger Handhabung zu schneiden.

Benutzen Sie möglichst frischen Parmesan, der vom Stück gehobelt oder gerieben wird. Das schmeckt zumindest mir viel besser, als der abgepackte gemahlene Parmesan in diversen Tütengrößen.
Ist der Parmesan ganz frisch, kann man ihn auch mit frischen kühlen Weintrauben als Ersatz für Nachtisch oder zum Käseteller reichen.

Frittierte Zucchinischeiben bzw. -chips

1 Zucchini
Etwas Mehl
Salz
Olivenöl zum Braten

Zucchini waschen und in dünne Scheiben schneiden bzw. hobeln.
In Küchenpapier trocknen und leicht in Mehl wenden.
Bei ca. 160 °C (nicht über 175 °C) in Öl frittieren bis sie gebräunt sind.
Auf Küchenpapier abtropfen lassen und in Schüssel mit etwas Salz vermischen und servieren.

Spaghetti-Vongole von Anna-Lisa:

500 g dünne Spaghetti (z.B. N. 5 von Barilla).
1 kg Venusmuscheln
1 Bund frische Petersilie (kraus oder glatt je nach Gusto)
2 - 4 Knoblauchzehen
1 – 3 frische Chilischoten (je nach Schärfe und Geschmack)
1 – 2 Schalotten oder eine Gemüsezwiebel
Olivenöl zum Braten und
Olivenöl für Salat
Salz
Pfeffer (frisch gemahlen)

1 Zitrone

Muscheln sauber waschen, beschädigte Muscheln wegwerfen. Muscheln in einem Topf mit etwas Öl und einem Schuss Weißwein so lange (ca. 20 min) köcheln lassen, bis sich die Schalen geöffnet haben. Sud auffangen und durch feinmaschiges Sieb den Sand etc. abseihen, etwaig geschlossene Muscheln wegwerfen. (Wenn man den Gästen Arbeit ersparen will, muss man das Muschelfleisch nun auslösen. Typisch italienisch ist es allerdings, die kompletten geöffneten Muscheln zu den Spaghetti zu geben.)
Spaghetti in großem Topf in sprudelndem Salzwasser al dente kochen (ungefähr eine Minute weniger, als auf der Packung steht).
Knoblauch schälen und fein schneiden. In einer großen Pfanne mit nicht zu heißen Öl langsam bräunen und z.B. mit einem Suppenlöffel rechtzeitig wieder aus dem Öl holen. Achtung: Nicht zu dunkel werden lassen, da der Knoblauch sonst bitter wird.
Zwiebel schälen und fein schneiden, im Öl langsam anschwitzen, bis sie glasig werden.
Chili waschen und fein hacken, zu den Zwiebeln geben.
Etwas Nudelwasser kurz vor Ende des Kochvorgangs abschöpfen und zur Seite stellen.
Die Muscheln in die Pfanne geben und einige Male umrühren. Die abgeschütteten Spaghetti dazu geben und nochmals rühren. Ggf. etwas Wein bzw.

von dem Nudelwasser dazugeben, wenn es zu wenig Flüssigkeit sein sollte.
Frisch gehackte Petersilie unterheben.
Mit Salz und Pfeffer, einigen Spritzern gutem Olivenöl sowie wenig Zitronensaft abschmecken.

Varianten:
Ergänzt mit zusammen mit den Nudeln in die Pfanne gegebenen geschälten und geschnittenen Fleischtomaten oder halbierten Cocktailtomaten.

Frisch geriebenen Parmesan oder Grano Padano etc. kann man dazu reichen – muss man aber nicht!

Fritura (Fritto) Mista

Menge je nach Vorliebe und ob als Vor-, Zwischen- oder Hauptgericht selbst wählen.
Kleine Fische (Sardellen)
Tintenfische
Scampi (geschält)
Gemüse
(oder anderes, weiten Bereichen Italiens sind auch Stücke von Innereien üblich)
Mehl
Olivenöl zum Braten
Salz
Pfeffer
Zitrone
Frische Petersilie

Ausgewählte Produkte waschen und mit Küchentüchern trocknen, danach leicht in Mehl wenden.
Olivenöl frittieren - ggf. mit Garzeiten experimentieren, je kleiner die Stücke, umso kürzer; keinesfalls aber zu lange, sonst werden die Stücke zu trocken und unter 175 °C, sonst entsteht zu schnell zu viel von ungewollten Schadstoffen wie z.B. Acrylamid.
Auf Küchenpapier abtropfen lassen.
Auf Teller anrichten, mit Salz und Pfeffer abschmecken und mit etwas Zitronensaft bespritzen, mit Petersilie garnieren.

Varianten:
Produkte austauschen, Mehlsorten variieren, dem Mehl Gewürze (z.B. etwas Chilipulver) begeben.

Caponata

Es existieren zahlreiche Varianten, daher am besten nach eigener Vorliebe die Zutaten(schwerpunkte) festlegen.

Mix aus 3 – 4 (roten, grünen, bzw. gelben) Paprika
1 - 2 Auberginen
(3 - 4 Kartoffeln)
1 - 2 Zwiebeln
1 - 2 Stangen Staudensellerie

Oliven, entkernt
Tomaten gehäutet, alternativ Dosentomaten
Kapern
Pinienkerne, geröstet
(Knoblauch)
Olivenöl
Weinessig
(Zucker)
Oregano
Frisches Basilikum
Salz
Pfeffer

Gemüsebestandteile in Stücke oder Stifte schneiden.
Je nach Garzeit unterschiedlich lang, daher am einfachsten getrennt in Olivenöl dünsten bzw. braten (Kartoffeln).
Tomaten, Oliven und Kapern gemeinsam und nur kurz in Olivenöl andünsten.
Alles warm zusammenmischen, mit Salz, Pfeffer, Oregano und etwas Weinessig abschmecken, ggf. wenn etwas zu sauer (liegt dann an der Qualität der Tomaten bzw. am Essig) mit etwas Zucker verfeinern.
Frische Basilikumblätter unterheben und mit gerösteten Pinienkernen bestreuen.
Kann warum oder kalt gegessen werden, schmeckt aufgewärmt meist besser als frisch gemacht.

Varianten:

Mit verschiedenen Gemüsesorten oder Kartoffeln, Knoblauch, Chili o.ä. variieren.

Penne Pomodori

500 g Penne (z.B. Rigate von Barilla oder Rigati bzw. die Rigatone No 24 von De Cecco).
2 – 4 (oder ggf. auch mehr) Zwiebeln
ca. 200 g Tomaten (möglichst aromatisch)
Olivenöl zum Braten
Frisches Basilikum
Salz
Pfeffer (frisch gemahlen)
Zucker
Rotwein (z.B. Nero dÁvola aus Sizilien)
Hartkäse, frisch gerieben, wie z.B. Parmesan oder älterer Peccorino

Penne in großem Topf in sprudelndem Salzwasser al-dente kochen (ungefähr eine Minute weniger, als auf der Packung steht). Etwas Nudelwasser kurz vor Ende der Kochzeit beiseite stellen.
Zwiebeln schälen und fein schneiden, im Öl in einer Pfanne langsam anschwitzen, bis sie glasig werden.
Tomaten klein schneiden, Strünke entfernen und dazu geben.
Langsam einkochen, je nach Süße oder Säure der Tomaten mit Zucker verfeinern und mit Salz und Pfeffer abschmecken.

Mit Rotwein und nach Bedarf mit dem beiseite gestellten Nudelwasser ablöschen bzw. etwas verdünnen und die Penne dazu geben.
Mit geriebenem Hartkäse und frischem Basilikum garnieren und servieren.

Varianten:
Angebratene Zwiebeln mit Tomatenmark noch weiter anbraten (vorsichtig und mit niedriger Temperatur, weil das Tomatenmark leicht anbrennt).
Mit etwas Speck, zusätzlich ggf. Lorbeerblätter, angebraten und mit den Tomaten mitgeköchelt, nähert man sich immer mehr der Pasta Amitriciana an.

Omelett

6 – 10 Eier je nach Appetit (und ob zum Frühstück, oder als Hauptgericht)
Olivenöl (zum Braten)
Pfeffer und Salz
Füllung nach Belieben

Eier aufschlagen und in eine Schüssel geben. Eigelb und Eiweiß grob verquirlen, aber nicht aufschlagen. Öl in einer Pfanne heiß werden lassen und eine dünne Schicht Ei-Mischung in die Pfanne geben. Braten lassen bis die eine Seite leicht gebräunt ist. Parallel die Füllung (z.B. Schinken, Käse,

Champignons usw.) ebenfalls dünn auf eine Hälfte des Omeletts geben.
Danach die eine Hälfte auf die mit der Füllung klappen. Beide Seiten nochmals braten.
Mit Pfeffer und Salz und ggf. Kräutern (z.B. frisches Basilikum, Rosmarin, Thymian o.ä.) abschmecken bzw. garnieren.

Varianten:
Verschiedene Füllungen bzw. Käsesorten.
Knusprig gebratene Speckscheiben oder Stücke.

Spanferkel mit Kräutern auf Kartoffeln

Gutes Spanferkel vom Metzger des Vertrauens
Frische Kräuter: Minze, Rosmarin, Thymian,
Getrocknete Lorbeerblätter, Majoran
Salz
Ggf. Bier zum Einstreichen

Spanferkel mit der Haut in einer Salzlake für mehrere Stunden einlegen.
Haut mit einem scharfen Messer bis zur Speckschicht einschneiden.
Je nach Größe das Spanferkel – und ob man es ganz (gefüllt) oder halbiert in den Ofen gibt - entweder mit den Kräutern gefüllt in eine leicht mit Olivenöl geölte Form auf die Kräuter geben, oder auf diese legen.

Ofen auf 80 - 100 °C vorheizen und Fleisch für ca. 3 - 4 h dort sanft garen. Ggf. mit einem Bratenthermometer kontrollieren (die Fleischtemperatur sollte innen knapp 60 °C sein).
Danach den Ofen auf Oberhitze oder Grill stellen und bei 180 – 220 °C in einigen Minuten eine krosse Haut erzeugen. (Dazu evtl. mit Bier oder leichter Salzlake einstreichen.) (Die Fleischtemperatur sollte innen dann nicht über 70 °C steigen.)

Varianten:
Zwiebeln, Karotten, Kartoffeln, Selleriestangen, Knoblauch etc. in beliebige Stücke schneiden (Knoblauch geht auch als ganze Knolle) und unter bzw. neben dem Spanferkel die letzte Stunde mit garen lassen.
Etwas Kümmel im Gericht ist zwar weniger italienisch, hilft aber bei der Verdauung.
Eigentlich wird das Spanferkel im Original in einer heißen Erdgrube mit den Kräutern über Stunden gegart, oder in einen Kräutersud eingelegt und unmittelbar neben (nicht über!) einem Feuer langsam gegrillt. Diese Varianten sind aber in normalen Wohnungen natürlich unmöglich.
Statt Kartoffeln und Gemüse in der Backröhre mit zu braten, kann man natürlich auch klassische Rosmarin-Brat- oder Backkartoffeln und gedünstetes Gemüse als Beilagen machen.

Olivenöl-Dip

Gutes Olivenöl (für Salat)
Salz
Pfeffer
Evtl. Aceto Balsamico
Weißbrot

Olivenöl in einen flachen Teller geben, nach Geschmack mit Salz und Pfeffer würzen – oder pur tunken, evtl. mit Aceto Balsamico zusätzlich toppen.

Grigliata Verdura – gegrilltes Gemüse

Gemüse nach Belieben (Zucchini, Auberginen, Paprika, Knoblauch, (Gemüse-)Zwiebeln usw.
Gutes Olivenöl (für Salat)
Salz
Pfeffer
Evtl. Aceto Balsamico

Gemüse sanft grillen. Das kann man entweder auf dem Grill machen oder mit etwas Öl zum Braten auf einer gusseisernen Pfanne mit Rillen.
Gemüse muss leicht anbräunen, darf aber nicht verbrennen, daher vorsichtig mit der Hitze arbeiten.

Abkühlen lassen, mit gutem Olivenöl, Salz, Pfeffer, evtl. Aceto Balsamico abschmecken und nach Geschmack ggf. etwas ziehen lassen.

Variationen:
Mit etwas geröstetem oder ausdrücktem frischen Knoblauch <u>oder</u> gerösteten Pinienkernen abschmecken.

Gefüllte Zucchini

Gute Zucchini mit nicht zu dicker Schale
Hackfleisch (entweder halb und halb oder Rind, bei letzterem ggf. beim Braten etwas Speck zugeben, damit es nicht zu trocken wird)
Thymian (frisch), gezupft (wenn mit Schweinhack dann besser mit Majoran)
Zwiebeln, fein gehackt
Evtl. Knoblauch, fein gehackt
Olivenöl zum Braten
Salz
Pfeffer

Zucchini sorgfältig waschen und halbieren, Kerne in der Mitte mit einem kleinen Löffel vorsichtig und komplett entfernen.
In einer Pfanne das Hackfleisch mit den Zwiebeln und ggf. Knoblauch anbraten, nach einigen Minuten Hitze reduzieren und das Gewürz

(Thymian oder Majoran) dazu geben. Mit Salz und Pfeffer abschmecken.
Hackfleischmasse in die ausgehöhlte Zucchinihälften geben, diese in eine Auflaufform legen.
In den Backofen und je nach Größe der Zucchini bei ca. 180 - 200 Grad ca. 30 – 40 Minuten garen.

Varianten:
Hackfleischmasse mit Tomaten verfeinern bzw. mit Fetakäse mischen.
Mit Käse überbacken, dazu am besten die Zucchini mit der Hackfleischfüllung vorgaren und die letzten 10 min den Käse oben drauf geben – und ggf. mit Oberhitze oder der Grillfunktion des Backofens bräunen.

Gelo di Melone

Wassermelone, ca. 1,5 – 2 kg
Speisestärke (auch Maisstärke, Maizena)
Puderzucker
Zimt
Gewürznelke
Zitrone
Minzblättchen
Pistazien
Schoko- oder Keksstücke

Der Melonenpudding ist leicht herzustellen.

Die Wassermelone mit einem Suppenlöffel oder Eisportionierer ausschaben, dabei die Kerne entfernen.
Die Melone mit einem Stabmixer pürieren. Auf einen Liter dieses Melonensafts ca. 80 g Stärke (z.B. Maizena, Maisstärke) und ca. 150 g Puderzucker durch Einsieben und Rühren vorsichtig und langsam untermischen, um Klümpchen zu vermeiden.
In einem Topf langsam mit einer Messerspitze Zimt und einer oder maximal zwei Gewürznelken leicht aufkochen und köcheln lassen, bis die Masse etwas eindickt.
Anschließend vom Herd nehmen, durch ein Sieb etwaige Klümpchen aussieben, in Schalen umfüllen und für mehrere Stunden in den Kühlschrank stellen.
Danach entweder in der Schale servieren, oder diese nach kurzer Erwärmung im Wasserbad auf einen Teller stürzen.
Mit Pistazien, oder gerösteten Nüssen, oder bzw. und Obst (z.B. Erdbeeren, Heidelberen) und Minzblättchen garnieren.
Dazu passt gut gekühlter kräftiger bis süßer Weißwein, z.B. Malvasia.

Varianten:
Man kann auch eine oder zwei Vanilleschoten und/oder etwas Zitronensaft zugeben. Die Vanilleschoten auskratzen und die Paste aus den

Schoten zusammen mit den Schotenresten mitköcheln.
Die Pistazien kann man auch durch andere geröstete Nüsse oder frisches Obst, z.B. Erd- oder Heidelbeeren, ergänzen oder ersetzen.

Pasta al Pomodore mit Pangrattato

Nudeln, entweder gekauft oder selbst gemacht
Gute und geschmackvolle Tomaten (alternativ italienische Dosentomaten, ganz oder stückig, nicht jedoch passiert)
Knoblauch
Frischen Thymian (notfalls auch getrocknet)
Basilikum (getrocknet reicht nicht)
Altes Brot
Pfeffer
Salz
Olivenöl (ein gutes für Salat!)
(Zucker, falls den Tomaten die Süße fehlt)
(Parmesan, evtl. statt dem gerösteten alten Brot)

Tomaten kurz überbrühen und schälen, wer mag, kann die Schalen auch drin lassen.
Die Tomaten mit dem Messer in Stücke schneiden und in einer Pfanne mit dem Knoblauch, Thymian und Basilikum erhitzen und köcheln lassen, bis die Sauce etwas eindickt. Die Stengel der Gewürze und die Knoblauchzehe(n) entfernen. Mit Salz und ggf. Zucker abschmecken.

Das alte Brot rösten und danach etwas feiner raspeln, es darf aber nicht zu fein sein (auf keinen Fall eine Art Mehl, sondern eher wie zerdrückte Kekse, oder grob gemahlener Pfeffer).
Parallel die Pasta in Salzwasser kochen, einen Kochlöffel des Kochwassers zur Sauce geben. Die Nudeln maximal al dente zur Sauce geben und kurz nochmal mit aufköcheln lassen.
Sofort auf die Teller geben, mit Pangrattato (dem gerösteten, geraspelten alten Brot) und frischem Basilikum und frisch gemahlenem Pfeffer garnieren. Ggf. statt dem geraspelten Brot oder ergänzend auch frisch geriebenen Parmesan reichen.

Technische Erläuterungen

Landrover

Landrover baute seit 1948 verschiedene Varianten bzw. Typenreihen. Nachfolgende eine grobe Übersicht:

1948 – 1958:	erste Version der robusten britischen Geländewagenlegende (nachträglich als Serie I bezeichnet)
1958 – 1971:	Serie II (noch mit Blecharmaturenbrett und bis auf die letzten Exemplare mit im Kühlergrill sitzenden Scheinwerfern, nur in den oberen Gängen synchronisiert) und Radständen von 88 ("kurz") bzw. 109 Zoll ("lang")
1971 – 1984:	Serie III (Kunststoffarmaturenbrett, voll synchronisiertes Getriebe), optisch in weiten Teilen dem S II sehr ähnlich, Frontscheinwerfer aber immer außen in die Front integriert und nicht mehr im Kühlergrill.
Ab 1983:	Als direkter Nachfolger der Serie-Modelle der zunächst als 110 (one-ten) bzw. 90 (ninety) bezeichnete Defender gebaut. Dessen Produktionsende war aufgrund

diverser Konflikte mit EU-Regeln Anfang 2016.

Ab 2019?: Die komplett überarbeitete nächste Version soll erscheinen. Allerdings wurde der Termin schon mehrfach verschoben.

Seit 1989 wird als Ergänzung zum eher luxuriösen Range Rover noch der Discovery gebaut, der ab 2017 in der 5. Generation entsteht. Auch den Discovery gibt es - obwohl vollwertiger Geländewagen - mit einigem Luxus wie Automatikgetriebe bzw. Luftfederung, der das Reisen angenehmer macht.

Santana PS10: In Spanien gebauter Nachfolger des Serie III von Landrover, technisch einfacher als der Landrover Defender, später von Iveco übernommen und 2011 eingestellt.

Motorino:

Italienische Bezeichnung für kleinere Motorräder, häufig eine Art modernere Motorroller, z.T. mit Lastkörben, breiteren Reifen, aufgemotzt und „frisiert".

Traktoren

Auch in Italien haben große Automobilkonzerne Traktoren gebaut.

Lamborghini war im Gegensatz zu Porsche zu erst ein Traktorhersteller, bevor die Firma sich viel später auch Sportwagen widmete. Seit 1972 gehört die Marke zum SAME-Konzern.

Fiatagri war der landwirtschaftlich ausgerichtete Teil des Fiat-Automobilkonzerns. In den 1990er Jahren ist die Marke in New-Holland aufgegangen, die heute mehrheitlich im Eigentum des Fiatkonzerns ist.

Schläuche

In Deutschland werden genormte Feuerwehrschläuche in verschiedenen Durchmessern mit genormten Storzkupplungen (Knaggenkupplung, die beidseits in beliebiger Art gekuppelt werden kann) verwendet.

Im Ausland finden sich sowohl gleiche, wie weitgehend ähnliche Systeme, allerdings oft mit anderen Detailmaßen (Innendurchmesser, Länge) sowie komplett anderen Kupplungssystemen, teils immer noch Schraubkupplungen, die nur in einer bestimmten Art funktionieren. Die Schlauchlänge beträgt i.d.R. 15 – 20 m, selten auch mehr, z.B. 30 m. Die deutschen Bezeichnungen und Innendurchmesser von Rollschläuchen sind wie folgt:

F: 150 mm (nur für sehr leistungsfähige Wasserfördersysteme mit Pumpen, die z.B. 5000 l/min fördern können).

A: 110 mm (nur in seltenen Fällen als Druckschlauch, sondern meist als Saugschlauch verwendet).

B: 75 mm (klassischer Schlauch für die Wasserförderung zwischen Wasserentnahme und Einsatzstelle bzw. zwischen Fahrzeugen)

C: 52 und 42 mm (klassischer Schlauch für den Angriff auf normale Gebäudebrände)

D: 25 mm (klassisch für Kleinlöschgeräte wie Kübelspritzen, seit einigen Jahren auch vermehrt für Kleineinsätze und zur Vegetationsbrandbekämpfung, weil viel beweglicher und leichter).

Hinweise für das Verhalten bei Vegetationsbränden

@fire hatte nach Ideen aus den USA und unter Mitarbeit des Verfassers bereits 2007 ein Merkblatt für das Verhalten vor, während und nach Vegetationsbränden v.a. für Urlauber und Besitzer von Ferienhäusern im Ausland herausgegeben. Hier ist der Stand von 07/2018 wiedergegeben:

Vegetationsbrände sind Teil eines natürlichen Kreislaufes in vielen Regionen dieser Erde und treten daher regelmäßig auf. Probleme treten aber u.a. dann auf, wenn menschliche Ansiedlungen in die Natur gebaut werden, ohne sich vorher Gedanken über mögliche Gefahren durch Vegetationsbrände zu machen.

Vegetationsbrände werden maßgeblich durch drei Faktoren beeinflusst:
Wetter, Vegetation und Geländeform.

Vegetationsbrände in den Ländern Süd- und Südosteuropas können wesentlich intensivere Formen annehmen wie bei uns in Deutschland oder allgemein im nördlichen Mittel- bzw. Nordeuropa.
Zwar wird ein Großteil aller Vegetationsbrände frühzeitig entdeckt und gelöscht, aber wenn alle Faktoren ungünstig liegen, wie dichte Vegetation, heißes, trockenes und windiges Wetter in einem

hügeligen Gelände, breiten sich solche Brände sehr schnell aus und sind nur schwer zu bekämpfen – selbst mit Löschflugzeugen.

Vor dem Waldbrand

Helfen sie, Vegetationsbrände zu vermeiden:

- Verwenden sie kein offenes Feuer!
- Grillen Sie nicht im Freien bzw. nur auf extra dafür ausgewiesenen Plätzen zu den erlaubten Zeiten!
- Rauchen Sie nicht in Waldgebieten!

Helfen Sie der Feuerwehr:

- Halten Sie die Wege für die Feuerwehr frei!
- Halten Sie Hydranten und Wasserentnahmestellen frei!
- Melden Sie unbeaufsichtigte Feuer.
- Weisen Sie an schwer zu findenden Stellen die Feuerwehr ein, wenn Sie selbst Kenntnisse haben, oder der Alarmierende sind.

Es brennt?

Notruf absetzen

Gehen Sie bei einem Notruf nicht davon aus, dass dies schon ein anderer gemacht hat! Informieren Sie sich über die entsprechenden Notrufnummern. In den europäischen Staaten ist dies i.d.R. flächendeckend die 112, es gibt aber vereinzelte

Ausnahmen. Weitere Informationen über die weltweiten Notrufnummern erhalten sie z.B. hier: https://www.avd.de/wissen/infothek/ausland/internationale-notrufnummern/
https://ec.europa.eu/digital-single-market/112-your-country/

Achten Sie frühzeitig auf Hinweise der örtlichen Behörden und des Hotelpersonals. Kontaktieren sie ggf. eine deutsche Vertretung. Wenn Sie keine Informationen bekommen können, sich aber ein Vegetationsbrand nähert, warten Sie nicht weiter ab, sondern bringen Sie sich in Sicherheit. Hinterlassen Sie gut sichtbar eine Notiz, wohin sie gehen.

Persönliche Vorbereitung/Ausrüstung

Achten Sie bei einer entsprechenden Gefahrensituation darauf, dass Sie sich schnell in Sicherheit bringen können. Legen Sie wichtige Unterlagen, geeignete Bekleidung (festes Schuhwerk, langärmelige Baumwollkleidung) und notwendige Medikamente sowie ggf. Transportbehälter für Tiere bereit.
Darüber hinaus sollten Sie folgende Notfallausstattung verfügen:

- Ausreichend Trinkwasser für 24h (mind. 4 Liter/Person)
- Waschzeug/Toilettenpapier
- Pro Person einen Satz Kleidung zum tauschen und einen Schlafsack

- Batteriebetriebene Taschenlampe und Radio
- Baby-/Kindernahrung, Windeln etc.

Falls Sie über ein Fahrzeug verfügen, sollte dies fahrbereit sein und in „Fluchtrichtung“ geparkt sein.

Vorbereitungsmaßnahmen an Immobilien für Haus-Eigentümer:

In waldbrandgefährdeten Gebieten sollten Hauseigentümer für folgende Ausrüstung in ihren Gebäuden sorgen:

- Mobiltelefon, sofern Netzanschluß verfügbar (Drahtnetz kann bei einem Brand ausfallen), in abgelegenen Gegenden besser ein Satellitentelefon (gibt es auch relativ kostengünstig mit PrePaid-Karten)
- Wassertank, der unabhängig von der Wasserversorgung funktioniert (z.B. Regenwassertonne auf dem Dach), oder Zisterne
- Wasserbehälter (Badewanne, transportable offene Behälter)
- Verbandskasten
- einfache Rauchschutzmasken
- einfache handbetriebene Druckspritzen für Wasser (z.B. Einstellspritzen, Kübelspritzen, Düngemittel- bzw. Insektenschutzmittelsprühgeräte)
- Gartenschlauch in ausreichender Länge und Reserveschlauch

- Axt
- Schaufel
- Spaten
- bei größerem Bewuchs ggf. Motorkettensäge mit Treibstoff und Ersatzketten
- ggf. Feuerpatsche
- Gartenhacke
- Getränke
- einfache dauerhaltbare Verpflegung (verpacktes Brot, Konserven)

Bei einem nahenden Waldbrand können sie folgendes tun, um die Gefahr für ihr Eigentum zu verringern:

- Entfernen Sie bei Gefahr bzw. bei Ihrer Abreise für einen längeren Zeitraum alle brennbaren Objekte wie Gartenmöbel, Feuerholz, Planen etc. um das Haus herum in einem ausreichend großen Abstand (mind. mehrere Meter!).
- Drehen Sie die Gaszufuhr ab.
- Schalten Sie die Beleuchtung in und am Haus an.
- Stellen Sie eine Leiter an das Dach an.
- Füllen Sie alle größeren Behälter (Schwimmbecken, Badewannen etc.) mit Wasser.
- Legen Sie den Gartenschlauch im oder am Haus bereit.

- Entfernen sie tote Vegetation mindestens in einem Umkreis von 10 m um ihr Haus.
- Sorgen Sie dafür, dass in der Umgebung möglichst keine lose, trockene Vegetation liegt, die vom Wind leicht verfrachtet werden kann.
- Halten sie Gras kurz, entfernen sie Büsche und Sträucher.
- Stellen Sie Ihre Fahrzeuge in eine Garage oder weit entfernt vom Haus auf. Denken sie daran, dass ggf. Feuerwehrfahrzeuge vor ihrem Haus manövrieren müssen.
- Schließen Sie jedes Fenster, verschließen Sie jede Öffnung mit Rollladen o.ä.
- Legen Sie Werkzeuge bereit, die für die Brandbekämpfung genutzt werden können: Spaten, Schaufeln, Hacken, Feuerlöscher, tragbare Wasserrucksäcke, Handspritzen o.ä.

Weitere Hinweise, wie Sie ihr Haus schützen können, finden Sie hier: www.firewise.org (engl.)

Während eines Waldbrandes

Grundsätzlich sollten Sie jede Begegnung mit einem Waldbrand vermeiden! – Ihr Leben und Ihre Gesundheit ist auf jeden Fall wichtiger wie Ihr Koffer im Hotel oder auch Ihr Ferienhaus.

Wenn Sie aber unvorhergesehen in eine lebensbedrohliche Situation geraten, beachten Ssie bitte folgende Hinweise:

Überleben im Fahrzeug

Bleiben Sie ruhig.
Wenn sie fahren, fahren Sie langsam und mit Licht, achten Sie auf andere Verkehrsteilnehmer
Wenn Sie anhalten müssen, halten Sie möglichst weit entfernt von dichtem Buschwerk.
Bleiben Sie ruhig, das Feuer passiert oft, bevor das Fahrzeug Feuer fängt.
Wenn Sie in ihrem Fahrzeug festsitzen und nicht mehr zu Fuß flüchten können, bleiben Sie in ihrem Auto.
Schließen Sie alle Fenster und Lüftungsöffnungen, schalten Sie auch die Klimaanlage aus.
Stellen Sie den Motor ab.
Decken Sie sich mit der Rettungsdecke aus dem Verbandkasten zu – silberne Seite nach außen.

Überleben in Gebäuden

Bleiben Sie ruhig.
Bleiben Sie im Haus, das Feuer wird passieren, bevor Ihr Haus Feuer fängt, wenn Sie die oben genannten Hinweise berücksichtigt haben.

Versuchen Sie nicht, vor oder während eines Waldbrandes Ihr Haus mit Wasser zu benetzen, dies ist sinnlos und gefährlich. Löschen Sie aber Funken oder vom Wind mitgerissene brennende Vegetationsteile auf und am Gebäude sofort, ebenso wie Entstehungsbrände am und um das Gebäude.
Kontrollieren Sie alle Räume im Haus regelmäßig, löschen Sie Entstehungsbrände im Haus.

Überleben im Freien

Bleiben Sie ruhig.
Flüchten Sie vor einem herannahenden Waldbrand quer zum Wind und möglichst nach unten bzw. höhengleich.
Schützen Sie Ihre Haare (Kopfbedeckung) und Augen (Sonnenbrille) vor Funkenflug. Ein feuchtes Tuch vor dem Mund lindert die reizende Wirkung von Brandrauch.
Suchen Sie ein Gebiet mit keinem oder wenig Bewuchs auf (Geröllstrecken, Strände).
Verbleiben Sie in keinem Fall in Hängen, wenn sich das Feuer von unten nähert. Flüchten Sie möglichst zur Seite.
Wenn eine Straße in der Nähe ist, legen Sie sich auf der dem Feuer abgewandten Seite bäuchlings in den Straßengraben.
Decken Sie sich z.B. mit der Rettungsdecke aus dem Verbandkasten zu – silberne Seite nach außen.

Nach dem Waldbrand

Wenn der Feuersaum vorüber gezogen ist, verlassen Sie das Haus und kontrollieren Sie das Dach. Löschen Sie vereinzelte Brandnester.
Trinken Sie ausreichend.
Helfen Sie ggf. Ihren Nachbarn.
Melden Sie sich bei Ihren Angehörigen.

Quellennachweis:

www.fema.gov
www.firewise.org
www.at-fire.de

28204956R00123

Printed in Poland
by Amazon Fulfillment
Poland Sp. z o.o., Wrocław